文学之都
未来诗空

用绳子弹奏

黄梵 著

江苏凤凰文艺出版社

图书在版编目（CIP）数据

用绳子弹奏 / 黄梵著 . -- 南京：江苏凤凰文艺出版社，2023.1
（文学之都·未来诗空）
ISBN 978-7-5594-6613-6

Ⅰ.①用… Ⅱ.①黄… Ⅲ.①诗集—中国—当代
Ⅳ.① I227

中国版本图书馆 CIP 数据核字 (2022) 第 187664 号

用绳子弹奏
黄　梵　著

出 版 人	张在健
选题策划	于奎潮　陈　武
责任编辑	王娱瑶　徐　辰
特约编辑	秦国娟
责任印制	刘　巍
出版发行	江苏凤凰文艺出版社
	南京市中央路 165 号，邮编：210009
出版社网址	http://www.jswenyi.com
印　　刷	三河市华东印刷有限公司
开　　本	880 毫米 ×1230 毫米　1/32
印　　张	8.125
字　　数	148 千字
版　　次	2023 年 1 月第 1 版
印　　次	2023 年 1 月第 1 次印刷
标准书号	ISBN 978-7-5594-6613-6
定　　价	56.00 元

江苏凤凰文艺版图书凡印刷、装订错误，可向出版社调换，联系电话 025-83280257

自　序

　　本诗集与《月亮已失眠》一样，都是阶段性的结集，后者重点收录 2001 年到 2016 年的诗作，本集重点收录 2017 年到 2021 年 5 月的诗作。《月亮已失眠》就像联合收割机，被它收割完的麦田，难免还会剩下零星屹立不倒的麦子，本集已拾遗捡漏，把它们收入囊中。2012 年到 2014 年，我的诗歌写作一度陷入困境，那几年诗作稀少，曾因《中年》《二胡手》等诗作蓬生的写作冲力，已经耗尽。2015 年 1 月，我去美国弗蒙特中心驻留，因网络不畅，被中美友人集体"遗弃"期间，精神犹似孤岛，诗歌写作突然发生了裂变。当时窗外冰封的小河，白雪皑皑的群山，鹅毛大雪，让我意识到人道也有凶险的一面，人类的诸多灾难，来自人高高在上的"人道"，来自人对万物划分的等级，和"坚守"的偏见。一旦换了眼睛，早已写得无趣的生活，就有了新的乐趣，甚至新的沉痛。是啊，人道不过是人的另一种"装样"，装成万物的家长，却无家长的温情、仁慈。这次裂变后产生的大量诗作，虽然小部分已收入《月亮已失眠》，但本诗集所收可谓裂变后的诗作主体，完整展示了与万物遭遇时，人可以有怎样的新观察、新思维、新表述，诗歌可以如何不动声色，让人超越现有的观念束缚，让人重新做人。

2021 年 5 月 29 日写于南京江宁

目录 contents

用绳子弹奏

物体诗

002	手　杖
004	水平仪
006	绳　子
008	椅　子
010	天　窗
012	灯
013	花　瓶
015	陀　螺
017	杯　子
019	护　栏
021	墙

022	纸飞机
024	木　梯
026	姑姑的照片
028	奶奶的花折扇
030	爷爷的照片
032	垫　子
033	锁
034	眼　镜
036	白口罩
038	枕　头
040	夏夜银河
042	出血的眼睛
044	煤油灯
046	星　星
047	眼　泪
048	旧　居
050	酒
052	书　房
054	刀
056	风　筝
058	脊　椎
060	书　包
062	旅行者一号飞船

064 | 弯 月
065 | 镜 子
066 | 硬 币
068 | 鞋
070 | 雪
071 | 玉
072 | 门 环
074 | 快递至南京的鲜花
076 | 海 浪
077 | 图书馆
078 | 棋 子

动物诗

082 | 鱼
083 | 野 猫
085 | 老 鼠
087 | 河 蚌
089 | 公 鸡
091 | 蜗 牛
093 | 猪
095 | 三文鱼
097 | 羊

099	兔　子
101	癞蛤蟆
103	蚯　蚓
105	蟑　螂
107	蜘　蛛
109	蛇
111	家　蚕
113	狗二题
116	马二题
119	鸣沙山的骆驼
121	猴　子
123	龙
125	牛

风物诗

128	南京四季
133	流　水
135	雷
137	大　海
138	骑　马
139	远望祁连山
140	梅　雨

142	夜车行
143	某个夏天
145	秋　风
147	雨中拜谒杜甫墓
149	澳门二题
152	扬州二题
155	同游平山堂兼和桑克道兄
156	美国小镇
158	春天的诗行
160	秋天的容貌
161	痛
162	无　题
163	在玉门关望星空
164	登黑山悬臂长城
165	戈壁行
166	观嘉峪关
167	伫立阳关
168	在梅山铁矿巷道里行走
170	参观西善桥街道
172	绿萝二题
175	香樟树
177	江边松林
178	槐　树

180	第一次看见大海
182	端午节

社会诗

186	等待十题
200	《词汇表》续
201	走　路
203	郊区的辩证法
205	儿　子
207	十指相扣
209	鼾　声
211	最后时刻
213	对　视
215	记　忆
216	向　往
217	酒后综合征
219	吻
221	醉
223	偏头痛
225	离　别
227	致孝阳书
228	跳　板

230	广场舞
232	旁观者
234	静夜思
236	写作生涯
238	生者如斯
239	对　话
241	舞　会
243	致黄州的表弟瘦叟

物体诗

手 杖

手杖像脚一样,喜欢跟路说话
它心疼奶奶的背,想成为她年轻时的脊梁
我小时,曾对它满腔怒火
曾骂它,是奶奶教训我的帮凶!

现在,奶奶走了多年
手杖还倚在门边,等她回来
当我返乡进门,它还是不肯向我弯腰
我模仿奶奶,用它走路
听见它,对着路一阵哽咽

我多么爱它的哭声啊
它仿佛对路说,它后悔用手打过我

晚上,当它挺着身子睡觉,我骤然明白

把脊梁挺得像它一样直

才是它敬重我的原因

2021.3.17

水平仪

水平仪的眼睛,噙满泪水
谁是里面那个空虚的气泡
从不愿意坐在中央
宁愿水平仪,有一只睥睨的眼睛

当少年用刨子,刨出令人心动的桌面
他盼着水平仪,能正眼看他
但他不知,它的眼里只有空空的行囊
装满对大海起伏的向往

他也不知,水平仪无法闭眼的悲伤——
哪怕一只蚂蚁的苦难,也会涌入眼睛
甚至涌入中东枪弹呼啸的黑暗

就算盯着水平仪,他也不懂
睥睨,是它会坚持一生的宿命

2020.1.18 初稿

2020.2.6 二稿

绳　子

它曾经是蛇，在我心里爬动
我不习惯，它蛰伏在奶奶床下
它还会晒太阳，用脊梁、衣服、被子
在院子里架一座拉索桥

有时，它是缠住小偷的蟒蛇
众人对小偷的殴打，令我怀疑绳子的立场
搬家时，它是忠实的牧羊犬
把慌里慌张的物品，赶回车厢

它帮我系牢鞋子，坚持了五十年
飞尘中它屏住的咳嗽，比我写的字还多
有时，它也像绿萝的藤叶垂下
充满垂泪的忧伤——
它不想闲着，老和空虚约会

现在，它成了策展人

躲在画背后,满墙举着画
我知道,它是画背后的一根弦
只有心静,才听得见它为画配的乐

2020.6.8

椅　子

我离开了椅子，就魂不守舍
一天的某个时候，我总会回到它的怀中
这时，它就醒来，用吱吱嘎嘎的嗓音
问我去了哪里
我用翻书的哗哗声，答复它——
我去了商场，但椅子仍是我身体的指南针

当我坐进它张开的嘴，我能成为它的舌头么？
当我坐进它睁开的眼，我能成为它的眼珠么？
吃饭时，我把衣服套在椅背上
它就吱吱嘎嘎劝我，"你应该再胖些，
诗人的胃，应该成为酒的后宫。"

当我起身上床，椅子就成为夜里的诗人
它是耳朵，聆听我夜里的鼾声
把照在它身上的月光，读作我鼾声的歌词

清晨，当我再次走向它
它是一张等候已久的包装纸
等着把我包好，作为送给工作的礼物
它吱吱嘎嘎，又模仿奶奶的教诲声

2021.4.27

天　窗

当窗睁开眼，不代表它与世界和解
窗外的铃声跳上床，与我相拥入眠
它不是我想尝试的心烦意乱
我的梦，也不需要铃声来解释

我常猜不出天气的真正意图
一不留神，乌云就盯上我的窗口
成群结队的雨，悄然入室
给地板大叔洗澡，当地板长出一层光亮的皮肤
我忧心，是地板大叔变性了吗？

我感激发明窗户的人
每天开窗关窗的劳作，在治疗我的虚无
关窗，是不让孤独蔓延出去
是不让蜡烛的火焰，被风吹瘦
是不让落叶猜出我在怀念谁

某天，我被半夜的雨惊醒
我被梦扶着，走向窗口
看见窗玻璃像一个观众，泪流满面
我感动于——雨在玻璃上跳着拉丁舞
只有屋顶爷爷，嘭嘭嘭为它鼓掌

2019.10.19

灯

你喜欢买灯,仿佛已厌倦太阳
喜欢灯在夜里,伸出黄皮肤的手臂
喜欢它抚摸,铺在床上的睡梦
唯有黑夜才让你看清,光线该有多干净!

灯的手,能被你回忆的泪打湿吗?
它用干净的手指,要取出你揉进眼里的沙子?
你不敢正眼看灯,是因为你有太多的愧疚?
灯把手伸向门缝,是在操心门外的黑暗?

一整夜,灯用铜链,把你拴在桌前
你写下的每个字,都有春天的夜色
你甚至希望,白天与黑夜永远分居
直到天亮,你才看清
夜里的迷人光线,原来都来自灯泡的灰头土脸

2020.5.22

花　瓶

花瓶里有心事的深渊
它是花枝临终时的家
花瓶把剪下的花枝，摆成屋里的春天
每一枝都在照看孤单

太安静了，花瓶里的漆黑
也是望着我的黑眼睛
它和花朵的头颅一起垂下，哀悼。
它和花朵的枯容一起衰老，成仙。

花朵，被花瓶高举着
那不是哀求，是能震慑我的室内晚霞
花朵用它死时的大笑，帮我稳住昨天的心情
慰藉我今天再次庸碌的生活

我把花瓶看作花朵的农场
花朵渐渐发黄，是在准备果实累累的金秋？

或者，我把花朵看作花瓶的哨兵
它盯着我在屋里踱步的脚
警惕我踱出的路，有非分的野心

2021.5.1

陀　螺

它不屑于四平八稳
也永远不会跪下
哪怕最终会倒下,也要挺直脊梁

它一鞭一鞭,承受着抽打
旋转着苦难的华尔兹
它只能幻想自己是太阳
把飞来的鞭子,看作是绕它打转的行星

它的脚尖,已磨得嘶嘶作响
它把脚尖当钻头,对准大地
就算花费一生,仍无法在大地扎根

它没有眼睛
却靠把自己转晕的苦役,为飞机找到航向

当它累得最终倒下,那个叫风的伴侣
竟立刻弃它而去

            2021.2.3

杯 子

杯子,是张开的嘴
你每天与它亲吻
你喝下的白开水,是河水清澈的心

杯子,也是一只瞪圆的眼
杯里的茶水,是棕色的瞳仁
它每天瞪着会说假话的你

你喝水时,听懂了杯子的说话声么?
你是否看见,寂静最喜欢住在杯中?
你吹动茶水时的涟漪
是杯子收藏的文字,你信不信?

杯子从小失去了双腿
它把你的手当翅膀,在屋里飞翔
你喝完,不管给它留下什么
它都把你的唇印,当作你与它结婚的公章

深夜,黑暗也会装满它
让已经离去的你,成为它百般思念的黎明

2021.2.8

护 栏

护栏要阻拦人跳崖
要人多少懂得,你不是英雄的合格人选
不如凭栏痛哭
不如看山谷,如何戴上山岚的白口罩

护栏,不想让一个家庭的幸福破产
要人登山时扶栏,让悲剧忽左忽右擦肩而过

如果有成杯的抱怨,就请倒入山谷
如果有爱情惺惺相惜,就把同心锁当项链
挂上护栏的长颈

护栏,总诱使山路拐弯
告诉你,那诗意的深渊只适合远观

你命中注定,听不懂风的提醒

当山路布出死亡的迷魂阵,护栏总是及时赶到
让你退后一步,留住对深渊的赞叹

2021.5.26

墙

墙像一个有爱情的人，会对家忠诚
它挺直腰杆，让人在它的胸前筑巢
它用满墙的白，让人愧疚污浊
用满墙的冷，帮助人冷却抱怨

墙也有脚，但放弃了走向异乡的路
它把脚当根，深深地扎进故土
墙对家的爱越坚定，你走在世上的路就越不荒芜
面对火辣的炊烟，墙有无限的耐心

墙也有晚年，当它皮肤溃烂
你哼唱的旧曲，会抚平它的忧伤
墙宁愿解体，也不愿像人那样平躺在病榻上
就算倒塌，它仍用站立的脚
向屹立的初衷致敬

2021.5.27

纸飞机

它反复飞向远方,梦总是夭折
反复托住它的空气,总在它的翅膀下叹气
它不甘心只做一张白纸
不甘心一直被人用笔尖给皮肤文上字

它要像古人那样登高,看清自己的命运——
为什么没有写字的白纸,都留给人写誓言?
它要捡回鸟儿丢在空中的脚印
它要坠落时,也有鹰的优雅

它替很多孩子,长出了渴望的白翅膀
一不经意,就飞得像一只白鸽
它飞翔时,从不愿睁眼
宁愿闯入马路,被汽车撞成重伤

有时，它也像飞机会失事，一头栽向河水
成全一个男孩数分钟的忧伤

2021.5.22

木　梯

梯子把我变成鸽子，让我在楼顶眺望
对我在高处的誓言，梯子沉默不语
梯子也听着风的动人话语，对风许诺的远方
并不折腰感谢

每次爬梯子，我都忍不住找它的眼睛
我会一脚踩瞎它的眼吗？
每块踏板，是它让我跳舞的广场吗？
我用一生的负重，压住了它交心的舌头？

梯子让我更接近天意了
我活动双臂，是为了更适合飞翔？
我察看天空，是想知道
昨晚的雷声，来自哪个神的愤怒

梯子把牙齿,永远埋在被我踩踏的沉默里
把它的森林故乡,藏在我对远方的眺望中

            2020.5.29

姑姑的照片

姑姑扮青衣的照片,是我书房的装饰
她每天用戏装之美,给我的人生打气
那时,她的命运正在汉剧中高飞
家史还没有成为,一件刺向她的凶器

自从她被赶出剧团
悠长的唱腔是长巷,总把她引向戏台
直到砌墙的泥刀,在她手下铮铮响成曲调
直到一代名旦,变成炊烟中的巧妇

每个来书房的人,都赞叹她的美
这样的美,能给中年人补钙
能让修行人,心里开一朵莲花
能给我书房的寂静,安上灯塔

一股秋风想用吟唱,引出她的唱腔
我试着用伤感的诗句,为她配词

仿佛催促她重登戏台,但生锈的唱腔
早已适应安静
习惯让秋风做它的替身

2020.6.24

奶奶的花折扇

夏夜,它是我手上的风帆
让我在大人的小道消息中航行
它也是蚊子眼中的台风
让蚊子结束对我的毒吻

在太阳已经熄火的炉门前
它试着递给我月亮的全部凉意
哪怕星光的歌唱是无声的
它照样朝我扇出,星星的一口口叹气

那时,穷据说是历史的安排
我用力扇出人人信任的春风
仿佛我的另一只手臂,是翅膀
云在飞,月在飞,星在飞
只有我扇动的手臂,让我停在露天的竹床

花折扇的开屏,常让我眩晕

我仿佛窥见,里面住着一只孔雀
情愿让它朝我,刮上好多年的孤独之风

2020.6.1

爷爷的照片

我无法改变孤独,也许
只能改变孤独的颜色
印在照片上的你,早就不搭理我
发黄的照片,给你蒙上了某个冬天的沙尘
黄色沙尘在镜框里,刮了二十年

一只铜鞋拔,还靠在门边
继续等着你赶赴码头的脚
一架老花镜,还在寻找
玻璃后面你犀利的目光
你哼过的古老小曲
再也不会从古书中飞出

我顶着你顶过的月光
却不能放声哭,放声笑
照片还在轻轻催促你的孤独、我的哽咽
门边那顶被灰尘腌制的破草帽

继续令我在梦中窃窃私语

我不知,现在的我
是否还经得住你的推敲?
我是否,已像鲜亮的毒蘑菇
不断诱惑别人靠近我
靠近了,才能找回你离去时的路?

但今夜,是这张照片
让我静下来,我只想像窗外的树枝
再听一听风中沙尘的高谈阔论
等天亮时,看沙尘埋下它想腌制的阳光

2017.11.5

垫 子

垫子一次次趴在桌上
绝不让漆面烫伤
它让锅底的滚烫刑具,架在自己身上
它的境界,让我羞愧

它始终不信任铁锅
冷却后也不肯松开刑具
灼伤留下的疤痕,是它写下的不屈誓言
这样的天职,它每天都要履行数次

直到有一天,它经历的太多苦难
让它的身体破产
它看上去破破烂烂,像垃圾
心里却堆满征服酷刑的骄傲

2021.5.11

锁

锁只把打开的密码,留给离家出走的钥匙
回来开锁时,钥匙唱了一首爱的情歌
当钥匙钻进锁的身体
锁就成了盖住孤单的铁被

锁与钥匙的激情,多么感人
哪怕铁被是冷的,哪怕身体是冷的
它俩也紧紧贴在一起,用冷温暖冷
开锁的一刹那,锁的失声尖叫
是爱的雷霆吗?

锁一打开,就把手从铁被里伸出来
伸了一个自由的懒腰
锁也沉思,钥匙为什么会回来?
钥匙厌倦了外面的漂泊?
钥匙要回到锈黑的婚姻,找回属于自己的阴影?

2021.5.17

眼　镜

眼镜醉心让我把世界看清
我却有不想看清的悲伤
有时，我宁愿把左边看成右边
把路人看成熟人

看不清世界时，我可以想象它在准备什么
想象春水已经逼退冬天
想象它把风暴的号手，已经赶到天边
想象世界在我戴上眼镜前，到处泛着恋人的羞颜

现在，我戴上眼镜
我看清的世界已经乱套
我看清的朋友都在厮混，好人在和影子恋爱
大海也打出想停摆的白旗

我说，习惯它吧
至少眼镜没让我错过什么

就像一只漂泊的大雁，会把晚霞还原成
一张哭红的脸

2021.4.28

白口罩

它像一只素手,突然捂住我的脸
已两个月,我仍不适应
它焐暖我叹息的拥抱
我说出的母语,也应该被它好好过滤?

它是舌头的牢门,关住了多少大言不惭
它让爱情,也不要靠得太近
它说我们的嘴像伤口,需要它来紧紧包扎
它像白月亮那样,让我在梦中埋下一点奢望

它是今春开得最盛的白花
试图与悲伤的颜色相称
它也是病人肺里的冬天

想在众人的脸上长久结冰

让我戴着口罩抱怨时，像含着满口的愧疚

2020.4.5 初稿

2020.4.7 定稿

枕 头

我埋头在它的怀里
只有我听得见,它唱的催眠曲
只有它理解,我的幸福是做梦
梦里才有冰,给越烘越热的心事降温

我的头是牙齿
清晨给枕头留下坑洼的牙印
枕头像被子,留下照看我一夜的疲惫皱纹

枕头低着头,还在寻找梦中人的地址?
它知道,我心里有哪只邮包
至今还没有寄出?

当我带着梦中的密语醒来
只有枕头理解,我在梦里才不孤单

它和被子用一床的凌乱

替我藏起梦中的心满意足

2020.7.4

夏夜银河

小时,我睡在露天的竹床
一睁眼,就能看见天上的晶亮冰雕
我需要它的冷,和它的一宿不动的睡眠
姑姑唱情歌落的泪,已被它冻成满天冰晶

我愿意用一生,守着深夜的那一刻——
奶奶在梦中,访问了她的前世
爷爷用鼾声,参加了汉朝的战争
只有我被蚊子及时叫醒,目睹天上刚冻住的一场风暴

我试着从风暴中,找出一个女同学的脸
班上数她最沉默,天上有她的一对酒窝
却空空如也,我只能借蚊子的嗡嗡情话
让自己微醉,找回替她抄作业的心跳

黑夜用黑漆的犁,翻开天上最富饶的土地
我的未来是种子,已撒入刀口一样的沟壑

我聆听着它的沉默，和闪烁其词
它向我展示，天上有那么多舌头，我听到的却是无声

小时的银河，就是我的学校
它常摆出科学课上的动物标本
向我展示黑烟与白烟有何不同
它像路灯，让我成为不怕走夜路的男孩

现在，城市的夜空满是黑发
这些扮相年轻的黑发，不会是假发？
那些智慧的银发，都掉落进了贫穷年代？

今夜，天照样黑下去，银河却未升起来
不再像我小时，会慷慨摆出它的所有银具

2020.6.4

出血的眼睛

左眼出血,黑瞳仁
像架在火上烧的黑煤
右眼看着春天的灾难,仿佛说
是哭的时候了,请试着用泪
浇灭眼中的大火

医生叫我闭着眼。关上眼皮的炉门
炉火就不会灼伤内心?
眼里的红色,是想长成红玫瑰的红旗?
眼里的红灯,是想拦下不戴口罩的行人?
眼里的红火,是想把瞳仁的黑,淬炼成蓝?

我的眼里,何尝不是火星的红尘?
那样的文明,早已下落不明
莫非,那样的红尘已盯上地球?
我闭上眼,宁愿让黑夜在眼里升起

宁愿让左眼的泪，在脸上修一条
绕开舌头的运河

2020.5.12

煤油灯

我早已失去煤油灯
那是童年夜里,在作业边升起的太阳——
奶奶安上灯罩的刹那,灯芯像要发完一生的光

奶奶是管辖灯光的女王
准许爷爷捧起杜诗,反复温习古代的落魄

数学本里的优,让我一夜都翘着尾巴
爷爷说,我教你《诗经》吧
我不答应,他不知《诗经》在学校
已变得污秽,不知我眼中的煤油灯罩
还把污点,纷纷投在他的脸上

奶奶趁着煤油灯的夕照,赶制冬天的棉衣
一副用旧的老花镜,让她攒下劳动的学问

那时我不知,灯光照着我,就像照着一片废墟

照着爷爷恨铁不成钢的痛心
到如今,我在心里仍能摸到那盏煤油灯——

当我捧起《诗经》,是故去的爷爷在教我
当我戴上老花镜,是故去的奶奶在教我
御寒之术

2020.6.7

星　星

昨夜，我梦见银河
像看见童年屋前的旧竹床
奶奶对着星空，清点她一生的债务

梦中的银河泪渍纵横
在宽阔的空地上方，像淬火的孤独
奶奶的心愿，是银河中的璀璨木筏

她想过平安的日子，想好消息像银河一样慷慨
记得她说过，每颗星在照看地上一个人
而她说不出的忧伤，已在夜空闪耀了数千年

2007

眼　泪

必须珍惜每一滴泪
它无须是美的，就像每年秋天的收成
就像一些粮食，我过去屡屡浪费
过去它很年轻，不清洗也干干净净

现在，它的毒性说来就来
散发着滴滴答答的焦虑
当我想起一位老友，瞧，它也想起来了！
我就和它一起呆在黄昏，请原谅，我早已不相信哭声！

它不会是一条要淹死我的大河
它里面兴许还夹杂着谎言
我知道，它会慢慢陪我到老
还会一再宽恕我年轻时的愤怒……

2009

旧　居

请不要嫌我如此伤感
你不知,为何人人在大雨中狂奔
我却停下脚步
只因为旧居,曾装不下青春
巨大的慌乱

五十岁了,才再次路过它
大雨已将屋前草地变得泥泞
画出一张张布满皱纹的脸
旧居墙面,也挑选发霉的黄斑
继续应付屋里更年轻的婚姻

我站在风的一声声长叹里
用结石的泪珠,敲打地面的鼓——
为何旧居竟这般沉默,它已认不出我?
一扇防盗门,阻止我走入住过的房间
下水道还用它的臭,驱赶我

请不要嫌我如此伤感
我只想再等一会，等旧居
把更多的往事还给我

2017.10.30

酒

酒里有莫测的风景
每一滴都是跳板,让你跃上峰顶
那些已逝的岁月,酒为它们找到了歌词
你酒后的胡言欢唱,是你生活的补丁啊
它要为你挽回活下去的希望

我早已不要酒的安慰了
我把每一天,都过成了补丁
你细说的职场争斗,走向落日的沉默
都是我无法道尽的活着
我写下的每个字,都跳着活着之舞

过去的酒,没有白喝
今日的酒,就留给更需要的你
我渴望的抚摸,来自星光垂下的素手
我坐看夜云,画完了黑夜的五线谱
邀请风来试音

我脱口而出的新年祝词
吾乡与异乡的哭声
都是来配合五线谱的合唱
带着酿了半世的酒劲

2021.1.13

书 房

我可以没有别的,但必须有一间书房
我在里面可以做梦,或者失眠
可以在黄昏,瞥见黑夜如何把白天缴械
窗外的风再猛烈,也搅乱不了我的呼吸

我必须一个人待着
这古老的孤寂,多么令人安慰啊
令我看出,白墙的所有裂缝
都是一个白头翁的皱纹——
我竭力向他打探,这乐谱吟唱的弦外之音

我常盯着地面,它早已把尘埃当朋友
把我的脚当下棋的棋手
我对它布置的残局,常感到恼火——
它总能算出,我与世界的和解还差几步?

只要书架上的书,还在坚持是非
我在书房就有做不完的事

            2017.6.5

刀

人只懂它的一种舞姿——
它面色苍白,朝你直扑而来
想在你身上开一朵红牡丹

更多时候,它是失败的舞者
找不到有耐心的观众

有时,它想让我记住它
只用口气一样轻的舞姿
在我腿上绽开一小朵红梅

它披着夜的黑斗篷
常在天地间迷路
像一个害怕单身的人
到处和伤口相亲

有时,它也用苗条的身段

跟我调情,仿佛问:
你还需要伤口么?

2017.6.9

风　筝

风筝的意味，曾多得像羊群
曾是太阳，代表升起的希望
曾是生日，代表惊醒的祝福
曾是标语，代表更换的思想

而现在，它是攀爬云梯的登山者
竭力抓紧，风越来越弱的问候
那根穿过它心脏的线
正扯得它心疼
它疾速下坠
不知下面等待它的风光，是不是葬礼？

坠落中，它才有所醒悟——
它不过是翅膀的赝品
那个放风筝的老汉，把线当伞柄
在雨中苦苦撑着它——已经万念俱灰

坠落中，浓妆的雾霾
张开双臂，要把它染成一只归家的黑鸦
连杂食的脏湖，也发现了猎物
发出假寐的鼾声，等着黑鸦落入口中

2017.10.28

脊　椎

每喊一个病人的名字，医生说：
"你的脊椎，弯得很正常！"
看完病人的脊椎
他去了酒吧，让酒重新安排他的心情

有人跑来问他：医生，你说过
我的脊椎是直的，不正常。
是啊，他本以为
早已告别了这个脊椎中的孤儿

"我的脊椎是摔直的。
我已经摔死过好几次。"
医生并不知道如何摔直
脊椎，而不残废

广场上，满是风中挺直脊椎的风筝
射箭馆里，满是下坠中挺直脊椎的飞箭

他知道,河流的脊椎必须弯曲
才能奔走他乡

但他看不懂河里那些伐倒的树
它们如何能挺着脊椎,与河里的浊浪
恋爱、交配?

2018.11.7

书 包

书包是书最漂亮的衣服
也是故事最想住的房子
小时我斜挎着它,为自己的童年壮胆
它让铅笔和课本,在黑暗的密室幽会

我常忘了关上它的门
课本会上路,尝试像文字那样去远方
铅笔会逃走,想追上它表白过的落日
橡皮擦落到地上,发现擦不掉地上的阴影

有时,书包也用铅笔盒的哐当声
向我倾诉,作业本的纸是茫茫沙漠
每杆笔都是铁锹,用来种下字的树苗

多年后,我背上了双肩包
包里的东西与书包大同小异
签字笔睡觉的样子,与铅笔无异

书慢慢变老的肤色，也与课本相同

在纸的沙漠上，种下字的树苗
仍是笔的基本功
小时想跟文字去的远方，已在身边
当我走在大街上，仍会寻找
从前书包的那张顽皮的脸

2020.6.13

旅行者一号飞船

它已走到太阳系的边界
出发时让它吸奶的地球乳房
已小到是它眼中的一粒尘埃
曾把它拖入黑夜的地球影子
也播不下一颗黑夜的种子

太阳朝它扇来的耳光,已力不从心
曾把它砸疼的人的呵斥
现在成了它排遣寂寞的美好回忆
飞出太阳系是它的梦吗?
那些离它很远的人,在怂恿它跑得更远
它用浑身哭不出泪的冰,在还他们的人情

多少王朝,争斗,无数爱的怦然心跳
都挤在这粒尘埃里
多少任重道远,信任,谎言,战争
也挤在这粒尘埃里

多少分道扬镳的不同道路
都在这粒尘埃里,挤成了同一条不归路——

这粒尘埃里的核弹
装填了太多你死我活的响亮口号
如果爆炸,上帝会在乎
这粒尘埃与它自己的殊死搏斗?

2020.8.19

弯 月

它是谁的眼白,在正眼看我?
眼白边的黑色瞳仁,会看透我的梦吗?
是它把寒冷的眼神,留在了我的初恋里?
它是神不舍得吃完的饼干,担心人类会陷入饥馑?
它瞥向黑夜的白眼,是黎明打给我的白条吗?

也许它是露出皓齿的嘴
想把嘴角的微笑,送回我的故乡
也许它是插在黑发上的银簪,想要迎合我的眼光
也许它是天空的一捧白盐,等着撒向我淡而无味的生活

夜是多么尽职的铁匠啊,把它敲打成了一把弯刀
让它为众生行侠仗义?
也许,它只是盖住夜空的残破的灰瓦
它无能为力的忧伤,成了我夜行的灯盏

2020.9.4

镜　子

你无法藏身，镜子让你醒在残酷的皱纹里
你的泪珠，被镜子读成闪亮的星辰
你想找回的青春，被镜子读成与你重逢

你的小狗，对着镜子狂吠
认定镜子里的小狗不懂事
面对它的愤怒，居然一声不吭

你和小狗，都对镜子不满
都想对着镜子干点什么
你涂脂抹粉，被镜子读成脸上积满灰尘
小狗的狂吠，被镜子听成摇滚

2017.6.5

硬　币

硬币有着男人的刚毅，也藏着比纸币还大的野心
它喜欢在衣兜里，叮叮当当说话
抱怨纸币是一个没有志向的富婆

当裁判把硬币抛向空中，请它为球队选边
它挥霍着整个球场的目光——
也许正悄悄把胜利从甲队搬到乙队

当人们去寺庙，把它投进功德箱
叮叮当当，是它与菩萨的一问一答
叮叮当当，是人们驶向好运的渡口

它一直是纸币身边的小人物
却有着纸币少有的济世侠气
它总是叮叮当当，朝乞丐的空罐捐出一生的幸福
总像泥土，把脸儿紧贴乞丐的潦倒

有时，它也想成为一只轮子
用摇摇晃晃的奔跑，试着从人类的掌心逃脱

2017.6.12

鞋

鞋打算仰望一切
打算把敌人也看得无比高大
但它无法仰望永远趴在地上的阴影
甚至不敢看,阴影那双永远失神的眼睛
它只好狠心踩过阴影的长长悲剧

脚在鞋里,有着难熬的寂寞
它是矿工,钻在黑暗的煤层
幻想着星空,甚至幻想着喧嚣的街市
即便有狮的喉咙,它也像烧断线的喇叭
只会散出焦烂的臭味

因为鞋,脚一生爱上了抱怨
不知道,它刚躲过马路上的危险
不知道,鞋正替它经历户外的严冬
不知道,鞋正帮它找着未来的长路

脚的怨气无穷无尽：
我把什么都交给了你，也没有换来自由
我像骨架一样撑着你，也得不到你半点感恩
我被关在笼中，却只得到你赐予的脚气

鞋说：是啊，是我穿过了风暴
才没走漏你偷情的秘密
是我磨掉一层层皮，才让你白嫩得像新娘

睡觉前，脚气得脱掉鞋说：
你瞧，没有了我，你连苦难都没有了引擎

2015.1.21 写于将申镇

雪

今年的第一场暴雪,正安慰我们
用它们手中的白扇,给年终的忙碌降温
让四通八达的马路,成为新年的舞台
把上班族的奔走,导演成即兴的舞蹈
就可以填补,年终总结里的亏空

人们在雪中的奔走,是虚无的?还是无邪的?
谁的脚踩出的脚印,还押着岁月皱纹的韵?
或像有伤风化的故事,拯救着冬日谈话的无趣
或如这白色的巨大宣纸,正被放纵的车轮泼墨
或如这山岗守护的宁静,引来了新年爆竹的口哨声

但雪的心里,不会留下影子
它只用冰凌的骨头,模仿鸟的尖喙
确保刺醒我们的惊叫,不会跑错方向
确保把上班族奔走的脚印,修补得像一张紧绷的脸

2018.1.28

玉

你的肩上背着皇帝
你一放下,一个朝代就崩塌了

你的耳里,满是太监的尖叫
你想远行的双脚,长在宫女迈不出宫的腿上

你是皇帝掌心的月亮
照亮过宫廷的每个阴谋

你是没有骨头的骨头
没有色彩的色彩

没有人知道,你肌肤如丝
舌头却冰如刺刀

2014

门　环

烧红的铁，在锻打中尖叫
令铁匠身旁的树，也在哀痛
风不能再像往日那样，只顾向我问候
它也教我的衣裳，试着张嘴叫喊

每一记的锻打，是为了完成谁的惩罚？
或者铁匠从灼热的铁中，瞥见了铁的野性
他要用锻打，使之驯服
使之成为木门上的圆满门环

当我摸着院门的门环
我会想，它身躯里的野性仍在发酵吗？
那一记记的锻打，它曾用什么来消化？
我摸着它已生锈的身躯，仿佛想摸出
曾经崭新的青春，是否还在它的心里？

小时我喜欢看炉火中烧红的铁

想象自己是铁匠，让它听我摆布
如今，我摸着门环弯曲的脊梁
分明摸出了藏在我心中的野性

2021.12.13

快递至南京的鲜花

友人快递给我的鲜花
被家人遗忘在快递房
没人知道它心里的绝望
十五天没人搭理它——

每个来取包裹的人
它都以为,是来找它的家人
直到对方离去的背影,让它感到寒凉

后来它打算爱上快递房
在收了租费的屋里
设法体会免费居住的幸福

当它枯成一个老太婆
它仅剩的孤独,也被快递员
扔进垃圾车,化为下落不明的尘埃

听完它的故事,我才发现

我已辜负了多少造物的一生啊

2021.11.2

海　浪

我常想收藏海浪，它代表思绪冲撞的日子
它不扎根，土地也收留不了它
有时，它的调门会越扬越高
就像没有屋顶的颂歌

当我来到海边，它像一列火车
轰隆隆驶向我。它用沸腾的招呼声
盖住了我内心的喧响。它劝我远眺
它在海面种植的万顷棉朵
我已看出，那是一颗颗正要起飞的童心

当夜幕降临，海浪让海水变了模样——
它把海水的一头黑发
在礁石上，疯狂拍打出银色鬓角

2022.2.8

图书馆

我在这里找过未来
在书架前，看见灯为书中的大师加冕
看见灰尘悄悄入库，想陪伴大师的落魄
经过数十年的阅读，我的选择和沉默
就是文字长在我肉中的模样

文字没有休息日，最喜欢住在图书馆
诗歌是其中的春节
藏在文字中的希望，最惦记少年
我曾在图书馆，看见诗集苏醒的模样

现在，我已习惯一些书的醉态
读书人吐出的抱怨，是它们畅饮的酒
它们敞怀醉卧的姿势，像极了我的青春
书架上的书，仍是像青春一样清亮的眼睛
看着我用一天天的中年，原谅自己

2021.11.19 写于南京江宁

棋　子

棋子的理想,是不再杀戮
是返回棋盒的军营,盖着棋盘的薄被入睡
但它移不动自己的命运
它的一举一动,都来自人的心机

它扮演兵卒、马匹、战车、将军时
是人的欲望,找到了一个度假胜地
棋盘上的战争,延续着生活中的争斗
棋赛,让无欲无为的发愿,都变得徒劳

兵卒吃掉了迎面的将军
流出的血,是棋手脸颊亢奋的红晕
对棋子的死,棋手已经麻木
他无法从棋局中出来
适应没有争斗的孤单

棋赛,让老实巴交的棋子
纷纷成为暴徒

2021.5.25

动物诗

鱼

像灯一样的眼,为什么没有照亮?
像花蕾一样的眼,为什么没有盛开?
莫非你也像人一样,一直戴着面具?
为什么你有足够多的骨头
偏到死后才试图卡住人的喉咙?

我守着装你的盘子
守着怜你的假慈悲
你散发的浓香,来自你血腥的死亡
你一生的故事,我吃进嘴里还有用么?
你一生的视野,我用舌头也能继承么?

想到你是一个生命,甚至鱼里的先知
我不再是瞎子和聋子
一刹那,我成了能听懂你遗言的罪人

2017.6.8

野　猫

每天傍晚，那只野猫就像夜色
悄悄来临，它没有苟且偷生的低贱
它用优雅的步态穿过苦难，走向我
它不像人，会把脚步声走得像歌声

它没有让人劳神的名字
身上的绒毛，比任何名字更可靠
它用隐士身份，配合着这漫漫长夜
我撒下的猫粮，能把它的命运拖入小康？

我的施舍里，到底有多少真心？
也许这施舍，只是抵御无聊的一种风情
在黑夜打烊之前，就连星星的酒窝也不真实

多么香啊！它的吃相是银行
一样存着人类的饥馑
它浓密的绒毛，也像人类的棉衣

一样有着过冬的警觉

我用口哨,打造着它和我的方言
每一声,都是一粒憧憬

2019.9.12

老　鼠

我小时，你就住在天花板的隔层
你奔来跑去的响动，是我的催眠曲
你对我做梦的呓语，从来秘而不宣
很多次，你叨走了奶奶的梦
她惊醒后发誓，定要判你死刑！

一只鼠夹，从此占据了黑暗的一角
它布满尖齿的嘴里，含着一块肉
我有天起夜，隔层奇迹般的安静
莫非你交上好运，去邻居鼠窝过日子了？

清晨，奶奶让我参观刑场
你已被鼠夹，执行了死刑
你的皮像一件毛衣，被奶奶脱下
你的肉，将成为奶奶的佳肴
你的蛋蛋，高高挂在院墙上，将成为往事的勋章
奶奶气定神闲，"把它晒干能治癫痫"

多年后，我才想到
奶奶是人间的善人，却是你眼中的纳粹

2021.2.9

河　蚌

用手掰开河蚌
这就是人主动上门的拜访？
读书人，已不上门找书

对着河蚌掰开的嘴
人要的，不是可以对话的舌头
人要的，是一场河蚌的苦难

人配得上河蚌的赴死？
配得上河蚌托付的未来？
人走得出河蚌闭眼的黑暗？

河蚌的余生，本该在流水潺潺的河畔
本该聆听，老人打盹儿的鼾声
春天的寂静，本来是另一场灾难

吞下河蚌的人，貌似慈悲

起身去禅寺祈福
学会遗忘的智慧

2020.4.15

公 鸡

每天清晨,你的叫声
是钓出黎明的鱼钩
我醒来,走入春天的好天气
你的媳妇,默默蹲在鸡窝
生不出的蛋,是她的难言之隐

为了过好春节,奶奶把你养大
你每天清晨的打鸣,能让奶奶校准时钟
我常抓一把米,撒进鸡窝
你和媳妇的啄食声,像古人冲锋的战鼓声

这是我反复导演的战争戏
当我假装冲向你
你用尖喙的匕首、叫声、扑腾,迎击我
这样的战火,还会烧进我的梦中

当春节真的来临

我发现,春节才是真的战场

奶奶举刀,冲向你

我悄然观战,盼着奶奶摔跤

你叫得再凶,飞得再高,仍逃不出菜刀的砍杀

你变成了餐桌上,我百吃不厌的宫保鸡丁

过完春节,我开始落寞

鸡窝里只剩你的媳妇和鸡崽

我撒米时,它们已经忘了仇恨

2021.4.15

蜗　牛

它从不敷衍走过的每一条路
慢得，连人也像呼啸而过的高铁
它有把一天当作一生过的耐心

它备好了数万颗牙齿，用来品尝美食
能裸体爬过刀刃，不伤毫发
却没有脊梁，让自己站起来

它一生都在提防太阳
宁愿等树叶扑灭阳光的灯，与阴暗为伍
它嫌自己太脏
一生都在用浓稠的泪，洗刷自己

它驮的铠甲，是它的城堡
它是城堡中唯一的幸存者
一生卸不掉，独守城堡的孤单

我小时笑它，成天驮着垃圾乱跑
现在我想赞美，它爬过的路
都像一根发亮的丝弦，等着我来弹奏

2021.2.26

猪

人用菜单,在准备它的后事
让它习惯,猪圈就是他一生的山河
让它感激,夜是让它沐浴的黑水
是帮它入梦的黑被

多少次,它低头沉思明天
人对它的处决,会来临吗?
它与家人的分离,还需要忍受一世?
它试图用哼哼的叹气,修补残破的命运

多少次,它羡慕鹰的生活
可以像一道闪电,把人击倒
它多么想被墙外的花香领着
去踏青,感受一次春天的情意

现在,它是餐桌上的博物馆

展品琳琅满目
只有菜单记着它死后的惨烈

2021.5.7

三文鱼

题记：新闻报道，北欧三文鱼的养殖环境恶劣，鱼虱泛滥成灾，病鱼身上布满溃疡……

我不想再打听什么
三文鱼身上的大块溃疡，已说明一切
人在北欧，与人在东亚，又有什么区别？
鱼一生的痛，只是人看见溃疡的冷漠一瞥

人对自己的溃疡，从不歌唱
却把滋生溃疡的鱼池，唱成三文鱼的天堂
苦难的鱼，也有幻想登天的宗教么？
也会像人用学问，把溃疡说成磨难中的希望？

鱼虱把它的登山镐，牢牢钉在鱼皮上
让鱼习惯，那些叮咬的痛是鱼虱掐捏的爱情
那些爱抒情的人，也会把个人的厄运
看成春情的浪漫？

我小时的身躯,也曾停泊在虱子的港湾
虱子的勤奋劳作,让我的睡眠碎得像沙
哪怕用一周的睡眠,也拼不出一个完整的梦
有谁会俯下身,也哄一哄鱼的睡眠?

鱼池已经蓄满人的恶
它会溢出,把人也养在更大的池中

2020.6.17

羊

羊朝我咩咩的叫声,如果是骂人的练习
我会忍受和宽恕?

田埂上,到处都有让它停下来的草
仿佛那是它的臣民,它要把君王的口碑
弯腰留在草的心中

我小时在西北,结识过一只倔强的山羊
它死活不靠近我手中的青草,让我做不成它的主人
它立在山坡,像一朵孤独的云
耐心盘点着我的脚印

现在,羊不再朝我吐出抱怨
它用朴素的叫声,唱着感激的曲子
望着田埂上三三两两的女游客,也不无动于衷

兴许，这位远离人群的智者

也需要把美女，变成它梦中的精彩

2021.3.16

兔　子

它一生担惊受怕，随时准备逃走
我时常凝视它，想看清它的前世是不是奴隶
它曾浸泡在怎样的黑暗中
当它来到今世，每只给它喂草的手，都是它的主人？

据说它有用来交流的语言
声音全靠臼牙磨出
它高兴时，那轻轻的磨牙声里
就不会有哲学？

有一次，我看见兔子凌空跳跃
周围没有他人
兽医说，那是它高兴的最高礼仪
恭喜你，它把你认作兔子了

我的属相，真是兔子
小时睡觉总爱大声磨牙

按照兔子的词典，那是痛苦的表达

现在，我睡觉再也没有磨牙声
是因为诗歌，把痛苦统统揽进了诗的怀抱？

2021.3.19

癞蛤蟆

我小时用石头砸过它
哪怕砸得它吐血,仍认为
它的血是对付我的武器

它像青蛙一样,常立在田埂唱歌
闻其声时,我说那是青蛙想家了
见其容时,我骂它是东施效颦

成年后,我才知道
它比青蛙更低沉的叫声
是告诉人们,大雨将至
它爱站岗的黑夜,也是我想穷尽的比喻

有人说,它有毒的黏液
暴露了它的祸心
殊不知,那是穿过黑夜的一丝尊严
令轻浮的手,不敢碰它

危险时，它突然的一跃里带着自豪——
它终于找回了，藏在缓慢步态里的
一丝勇敢

2021.2.5

蚯 蚓

它把一块石头，认作上帝
甘愿囚禁在石头的重压下
它把石头下的黑暗，当作自己的衣服
把孩子掀开石头的惊叫，当作安魂曲
锁住它一生的镣铐，是它贪图的阴凉

它生来就是瞎子，放眼望去
黑夜就是它的四季
它钻来钻去的挣扎，意外让泥土
有了呼吸的鼻孔

我小时掀开石头，想不通
为何林中小路会模仿它的睡姿？
掀开石头，我看见它失去重压后的惊恐
看见它惧怕光线，就像我惧怕黑暗

有一次，我发了善心

重新把石头小心压上——

那是用黑暗,还给它一个衣锦荣华的幻梦?

2021.2.17

蟑 螂

它像你一样,喜爱香麻油
把你的厨房,看作它的夜市
把你的目光,看作它要躲避的阳光
它潜行的黑夜,让你的敌意偏航冲进了梦里

它会想,多可怜的人啊
为了填饱肚子,每天必须靠闹钟起床
一生只一次的初恋,又那么羞涩
放假饱食终日,还会陷入空虚

家具的缝隙,就是它的家国
黑暗就是它的春天
你的残汤剩饭,就是它的春节
它像你喂猫行善那样,会喂养满身细菌

昨天,是你踩死了它的儿子
今天你见到它,该怎么开口呢?

你当然听不见地板在悄悄劝它：快跑，快跑，好汉不吃眼前亏！

2021.2.25

蜘　蛛

一只蜘蛛，爬进浴缸
它丈量着浴缸的大小
它不知道，它天上的两颗星星
是我的两只眼睛
朝它刮风、打雷的云
是我唠叨的嘴

它揣着绳索，却没有带登山镐
白色浴缸，是它眼前的一座冰川
它还有希望爬出冰川吗？

它攀了无数次，总是滑回缸底
莫非我的雷声，将成为它的安魂曲？
我开始揣摩它的不安——
它想到了死后那泣不成声的妻儿？

我停止打雷，伸给它一根手指

用这座肉色长桥,把它还给自由
但我心里有了伤口——

人类已凌空高飞,却不知道
天上哪些星星,是低头凝视我们的眼睛
如果人类落入危境,天上也会
降下一根拯救我们的手指?

2020.8.24

蛇

这条蛇的花纹里,有让我害怕的安静
让我像面对亲人的墓志铭
它在工地,想找回消失的草丛?
想代替它被打死的孩子,昂首向我控诉?

它记得经过的每根钢筋、每块砖头
它用滑动说的悄悄话,只有它们能听懂
它的晚年,将在躲避人的脚印中度过
工地的搅拌声,让它怀疑
大地还是它的家吗?

这条蛇的晚年,已毁于一旦
城市的工地,已挖走它藏身的草丛
它发出的嘶嘶声,是在怀念美好的从前?
工地让它的家族,有了太多妻离子散

它无法想象,刚才有个慈祥的老人

突然举刀,砍向它的孩子
让血成为春天的花瓣——
它的孩子要搬去的草丛,究竟在城市的哪里呢?

它和我相遇时,眼里没了刀剑
它浑身的沙子,让我心生愧疚
我不知道,该让这个蛇中老人
如何安度晚年,但知道,我的避让、退却
会让它安心,兴许会让它走出苦难

我只能隔着暮色,用目光
为它逃出工地,默默喝彩

2020.8.30

家　蚕

我曾用桑叶喂它
看它一天要爬多远的路
它像壁虎,把自己在盒壁上
挂成我眼中的节日

它只用数月,就进入晚年
把积攒的白发,一根根吐出来
吐成我抚摸丝绸的惊喜
它的衰老,让我太慢的童年快了起来
它白胖的身躯里,胀满了我童年的孤单

当它裹着白茧入棺
星光是它留下的遗言?
我摸着蚕茧,轻声念着课文
那是我给它做超度念的经文?

当白蛾从茧壳里飞出

它是一朵要飞上天的白云
要去擦拭月亮这块墓碑?

                                    2020.10.2

狗二题

之一

如果我把狗当朋友,就不该怕它
它的忠诚,确实可以温暖我的心
可以让我低头细想,我心里有无忠诚?
不见了主人,它会让爪印惊落一地

是主人的狗粮,喂大了它的忠诚?
如果狗粮不够,它是否会扑倒主人?
这样的假设,让我再次低头沉思

它有一双疑惑的眼睛
像两张贴在忠诚上的邮票
仿佛随时准备把忠诚寄走

2022.1.10

之二

狗对主人,比人对钱还要忠诚
它对主人的叫声里,满是爱的歌词
它给主人叼回的垃圾
是它眼里的黄鱼,美味的零食
它撒尿圈出的领地,是为主人创建的帝国

它的叫声里,也有方言?
人能听出,它对孤独的述说?
当它来到新家,它的美梦还在旧家?
它读着主人的足迹,就像人读着经典?

它竖起耳朵,聆听主人的不安、心焦
害怕主人会把它赶出家门
宁愿接受狗链,是它的家规
接受主人的影子,是它的身份

当狗遇到同类,它们会打得
连门牙都断了刃,它们对战争的渴望
与笑里藏刀的人类一模一样?
为了得到好处,宁愿对是非失明?

狗的好恶，就是人的好恶吗？
如果用斧子，劈开它忠诚的心
能看见里面满是麻木？

2020.8.26

马二题

马

你的一阵蹄声,正在对春天祈祷吗?
你奋力奔驰,想摆脱青草对你的送别?
你跑了一天的蹄印,是把草原钉牢的钉子?
你路过的墓碑,它已孤独了数百年

当年,你的祖先还没进入冲锋的阵地
不知哪个笨将军,大喊一声冲啊
你的祖先就躺到了这里
箭还插在身上,也没有胜利可以带进墓中

今天,你唰唰唰甩着尾巴
像甩着马尾辫的姑娘那样走路
你走过墓地时,是要把我引向你叹息的深处?

我就跟你继续向前走吧，直到你我
把春天的灾难遗忘

2021.4.2

汗血马

和它如风的奔跑相比
人都像是不会走路的落叶
它跑起来，谎言都追不上它
人就算殚精竭虑
依旧做了谎言笼子里的宠物

有时，它像谪居的诗人
仿佛要奔到天边
去领取那永远也花不完的孤独
有时，它像刚发育成熟的青年
四处奔走，寻找他要迎娶的新娘

它眼眸的深处，有失踪的历史
它裂心的嘶鸣里，有杀戮的疼痛

它淌下的一道道汗血,像一根根皮带
紧紧拴牢帝王的梦
它的铁蹄,也踩醒了失去的国土

它用如云的鬃毛,托着禁闭的叹息
它背负的包袱里,裹着名贵的乡愁
当马灯用橙黄的长指,擦拭夜色
云却嗅着马粪,寻踪而来
那突降的大雪,才是装扮马厩的蒲公英

有谁能猜透,马那颗沉默的心?
也许它信仰的,只是担惊受怕的自由
不愿把自己的一生,锁进人类颁发的勋章

2015

鸣沙山的骆驼

主人一声喝令,它扑通跪地
让我爬上它的背。它得忍受
一个游客的作威作福

在寒冷的冬天,我靠它的背取暖
我闻到了它身上沙漠的气味
它缓慢的仪态里,有分明的爱憎——
它信任女人,提防男人

它低头,是为我惭愧?
它昂首,是表示不屈?
它用行走的剧烈颠簸,让我体会说不尽的人生?

也许它是老者,我骑在背上
该多么无礼。它的行走
并不轻松,每一步都铲出深深的沙沟

——那肯定不是幸福！

这个突然冒出的念头，一下打断了我的享受

2022.1.15

猴　子

猴子的兴趣，并不在私有制
它眼里的山川，并不属于哪个国家
它耳里的乐音，也没有什么作曲家
一把把来自游客的零食
那是释放游客笑声的奇异果

有一次，我在山间遇到猴子
我没有带来让笑声上瘾的零食
它像一个铮铮铁汉，目光如刀
能在我身上扎出血

那一刻，我脚下的阴影是佛陀
让我看清，里面折叠着我的鞠躬
我用倒退的鞠躬，避免了一场战争

那条阴影的尾巴,昨夜还伸进梦中
我鞠躬时,被黎明狠咬了一口

2021.10.7

龙

龙原来是什么,已不重要
只要它可以让节日,在春天发芽
只要有人扮演它时,一些人的心里有收获
只要地上的雪水,也想穿上过节的新鞋
只要吱呀打开的家门,像久别重逢的眼睛
把来客深情端详

风送来了节日的气味
龙在街上,被鞭炮贴上烟雾的邮票——
人要把平安的祷告,寄往来年

原本是兽的眼睛,似从烟雾中露出一丝困惑——
人已习惯用爆炸,制造喜悦?
奔波一年才过完的生活
要用雷声来总结?

我小时爱跟着龙走

知道它并没有醒来

大了才想到，舞龙是人见人爱的战争沙盘

所幸盛装的龙，仍未被鞭炮惊醒

2021.10.10

牛

牛拖着犁，把大地犁出一道道的伤口
再用庄稼的根须，把伤口缝合
据说这样，人就会放过牛
另一些干不好活的牛，就成为盘中餐

当初驯化牛时，它的祖辈有许多代
一生都囚在地窖的黑暗中
一生都没见过飞翔的鸟
不知道白天和黑夜，有什么不同

地窖打开的一瞬
它祖辈那颗高傲的心，已被它的低头代替
原是匕首的犄角，已成为人的扶手
人想：你低头就好
躬身干活，将成为你膜拜人的宗教仪式

2021.10.19

风物诗

南京四季

春

春风下，浪花都竖起了耳朵
听——云间的雷声有无新的思想？
一颗颗石子，把它们的指甲
深深抠进我脚下的泥土
还有什么惊讶的表情
没被路边的春花用完？

当微寒的风，钻进林子小声咳嗽
满林的梅花，是它咳出的点点血斑
我沙沙沙的踏青脚步声
是中年的低咽声？
它想找到那些下落不明的爱情？

我试着穿过林子，阳光用它的亮斧
为我劈出一条路

但我幻想的踏青终点，究竟在哪里呢？
前方似乎还有更多春天的邀请

我走了很远，直到山间的炊烟
带来儿时的气味
直到我看见，起舞的炊烟
正打着父亲的太极拳

2020.10.8

夏

夏天的蚊子，是空中的叶子
不会凋零，它帮我找到了回家的感觉
——没有哪个家人，比我更招蚊子
蚊子，兴许已尝出我血中的心情

太阳是舞台的聚光灯，让我有了演戏的感觉
我站着时，演照看思想的老师
坐着时，演对书说恭维话的学生
躺着时，演梦见读者的诗人

夜，是一只熏黑了的肺
我是它肺里再也咳不出去的灰吗？
我在肺里的漫游，让它感到了痛吗？
看哪，白云也向我举起投降的白旗

我走的夜路，会在黎明前继续徘徊吗？
此刻，满地月光就是满地白绷带
前来包扎秦淮河这道伤口
当船把马达的喷嚏，打向河里的传说
我能像浪一样，说一声臭吗？

2020.10.10

秋

满地是落叶的坟场
当我赶路的脚，踩出"库库"的乐声
我担心，两只弹奏大地的脚
会不会对落叶不敬

如果秋天是分离的季节

柳枝弯下的长腰，足以替秋天谢罪么？

我听见一个弹古琴的人
用乐曲，借来了古人的夜坐、失眠
我看见秋天的蝴蝶，在给树木戴上蝴蝶结
此刻，我早已不嫌弃秋天的满口黄牙

几棵银杏，把它们的金黄
夹入香客的祈福声
原本平庸的一刻，有了来自金秋的喝彩！

多少年了，我追逐金秋
年年见证它用黄金，兑换糖一样的白雪

2020.10.15

冬

雪是天上落下的浮云么？
雪到底想蒙住什么？
蒙住泥土的无数只黑眼珠？

我还没来得及向雪致敬
它就和流水私奔了，忘了作为雪的傲然
也许它积攒了太多的哀思
要靠流泪，才能看清人类

我走在雪地里，仿佛是赶往明年的春天
但冬天，让我的愿望慢慢慢下来
我摸着屋檐下的冰凌
就是摸着冬天的骨头么？
屋顶的雪，就是传说中的洁白么？

躲不开的冷，是冬天塞给我的礼物
当风用南京话，向我提问
我用脚印，踩出了我的回答：
我愿意披着雪的白色风衣，继续迷路

2020.10.27

流　水

校园里，抽水机让水翻着跟头
它把死水的霉床单，掀起来晒太阳
秋风一样路过的师生
不认为扬得高高的水，与他们有关

几个农民工，直直盯着流水
没有谁的眼神比他们更贪婪
流水窘得低下头
埋进河沟这道深深的伤口

还是秋天，他们已谈论冬天
是因为流水中有火，能让水不结冰？
是因为扬得高高的水，像农民干活弓着背？
是因为流水用锦绣的白棉花，催促他们还乡？

抽水机把一匹水的白马，拴在身边
只有农民工听见，它嘶鸣的求救声——

师生的冷眼是刀子,割得它疼啊

一个农民工,把脸低到马脚下
让脸上的尘土,扎入流水一起还乡

2019.10.15

雷

小时，总怕被雷击中
曾有几次，雷追得我满地跑
奶奶说，雷下面的树是油库
你是火柴，千万别靠近树

天晴了，我也不敢接受树的好意
仍担心雷还活着。树不是雷的裹脚布？
树叶的沙沙声，不是雷的充电声？
兴许心里一直有雷声，我才把童身
留到二十五岁

现在，雷是刺入梦里的刺刀
梦中的钢板，对它无效
它常朝我的噩梦，连开数枪
让我在春天醒来，却不敢动弹

它的怒声，是给俗世穿上的新衣

当我老了，忘了从前的人与事
它会急忙返回，用暴烈的坏脾气
大声告诉我！

2020.6.15

大　海

大海是勤奋的运动员
也有着陌生的脾气
它穿上浪的白袜时
海上竟没有一丝脚气

鱼是大海播下的种子
它们像铆钉
把大海的恩情一直铆到海底——
它们很享受这张哗哗摇晃的摇床

人学着像种子，把自己撒入大海
却像刀子，把珊瑚扎出了血
人的幸福，竟是伸入海中的脏舌头
一遍一遍去舔
大海清澈的心

2017.6.9

骑　马

去年夏天，我去那拉提骑马
马把头垂下，我在慌张中成了它的主人
要费多大的劲，我才能靠近它那颗奔驰的心？
我夹紧马肚，像一朵乌云，抱着一团风

草原上，哪里有城里人说的那种路？
遍地肥草对马蹄的爱，远甚车轮
甚至期待马蹄再熨一遍它们的夏衣
我被马背，颠成了世上最轻的一个名字

我看不懂蹄印编织的图案
但猜测，那蹄声也有着民歌的疼痛
也许马知道，前方还有一个我该去的地方
但善意的哈族少年让我相信，起点就是终点

2017.6.7

远望祁连山

我祈求再待一会,让我多看一眼
那可是祁连山的一生啊,我多么羡慕
它静静靠在一起的青年、中年、老年

来的路上,长江的航标灯已在我心里熄灭
我知道,有一些北方的感觉不可预知
当我沉默,已听得见祁连山的幽幽独语

它就那么沐浴着干干净净的雪水
让久久盘旋的老鹰,预告晚祷的开始——
我多愿今生像它,没有好消息也没有坏消息

2009

梅 雨

这是独属于东北亚的雨
发霉是这个雨季的主要矿藏
它让我最信任的诺言,也长满霉斑
我捧起的历史书,已潮得掉得下泪水

空气用它蘸水的毛巾,擦拭我的脸
它想擦掉我的面具,看到里面的心
连灰尘,也学会含泪的舞蹈
来配合梅雨一年一度的呢喃

那些灯下的人影,也在出汗啊
连我的叹息,也闪着汗粒
和我一起忍受,梅雨的桑拿浴
洗得湿淋淋的日子,会比过去干净吗?

如果风能吹干诺言、人影、叹息、历史

它们会留下一层盐粒么?

尝一尝,会有血的咸味么?

2020.6.29

夜车行

一阵风拨开树林，要让他看清旧居的胴体
一列火车离开站台，要让他感伤不已
小镇、村庄、古槐，都在无意中经过
经过后只剩下了夜色
就像迁就春天那样迁就夜色吧！

放眼望去，大地已黑得耀眼
溪流——那从山上流下的喜泪！
农民——那守在冷屋里的远亲！
待在夜色里，他才更像自己

夜色铺就的沥青，辨认着天明的路
他顶着夜色的千万根黑发，在辨认一个少女的满脸通红
他说：多希望抓错她的手啊，想一想都美
少女使他的酒气，突然有了醇香
我惊诧，热泪正涌出轻浮人的眼眶

2008.3

某个夏天

到了夏天,为了挣脱雾的白内障
湖已把眼睛瞪得更大,你却像蚯蚓
更愿意待在阳光照不到的阴影里
哪怕雷,到处炫耀它的大嗓门
你也一声不吭

你只愿追踪书中的历史,将心得
与一杯茶分享,门外窜来窜去的野猫
是你饭后散步唯一的调情

黑夜对你板够了脸,它不小心
打碎了月盘——碎成满天星星
它们让黑夜,变得像天堂
让你的梦,不肯合上眼

当你说,历史是黑白的
这是在抒情么?香樟树正落下白花

是谁在树下守候它的抒情？
当你在大街，投下修长的影子
你是在给流汗的夏天描眉么？

有谁知道，你在夏天的守候
比香樟的树根还要深
江水和你一样，也在守候什么
你守候中的呼吸，率先搬出了新婚的房子

你握着自己的手，想着
来自欲望的问候，并不比手的温暖更多

2019.5.7

秋　风

南京的秋风，只是
一股股发霉的口气
被吹到的人，知道风里没有仇恨

当我来到北京，才听到了风的哭泣
风还把我当作来犯的敌人
把我张口的问候，一劈两半
它还用整夜的厉声，训斥我
阻拦抱怨从梦里上路

太阳升起时，我继续听着风声
猜测风里藏着多少炸药
街边的那些树，因被风雇用
努力显出收割落叶的丰收模样

我知道，因为风大
我身上有再多的酒气，仍嫌不够

有再多裹紧命运的衣裳，仍嫌单薄

北京的风啊，我多想知道
你何时才有倦意？
对人们加班中的命运，你已有新的安排？

我只是来自南方的一个诗人
那里的秋风再大，也啼不出血
它顶多朝水面，吐上一层抱怨的口沫
表示，冬天正在登陆

2018.11.4

雨中拜谒杜甫墓

题记：2020 年 12 月 13 日下午，细雨绵绵，与王家新、陈东东、梁小曼、赵俊，一行五人坐车从汨罗去平江，拜谒杜甫墓，往返约两百多公里。

一行五人，去拜谒你的墓
雨让我们低头，变得更谦恭
从汨罗到平江，我们再次丈量
你晚年的这道伤口

我用车窗，翻看着村落的相册
猜测是哪段路，曾让你最心凉
山路上的白雾，是唐代祭奠你的白花么？
山雾叮起公路，是要放到你求医问路的脚下么？

到了墓前，我一阵恍惚，仿佛你才刚刚离去
好几次，我们差点被苔藓滑倒
苔藓是用摔倒提示，你沉默的深意么？

当我们依次把酒洒在墓地，与你私语
你是否觉得，我们活得还不够理直气壮？

这座唐代的墓，收齐了你所有的痛
让我回来后，无法步履轻捷
如果有一天，我的孤独也有你的硬度
我会铭记，是你的痛给了我眼睛

            2021.1.5

澳门二题

致澳门

修鞋师傅一把抓住纸币
"风一吹,就没了!"
他不经意说着无常
说出被人溺爱的钱,轻易会被风谋杀

走在澳门的窄巷
修鞋师傅的话,已把窄巷扩展成了人生——
窄巷百转千回,是要甩脱我的追问?
还是像气管,要找到属于它的喉咙?

填海中,澳门泄露了性别
用填海的大力气,挤着海浪的乳房
乳汁泛滥,养活了众多游子
它挣脱大海的那份欣喜,也像赌场的骰子
令人猝不及防……

澳门说服我，它年轻时一无所有
现在，连风也懂得怎样参加盛宴
它会一把抓走桌上的纸币，令我不敢阻拦
唯有修鞋师傅明白，风的手已怀有深意——

风走着鞭子一样的窄巷
是想让鞭子甩出一声巨响，惊动
澳门无力追究的一段往事？

2019.5.5

澳门感遇

一些人的命运，被赌盘转得飞快时
你却一刻也待不住——

你宁愿闲在新鲜的脚步声里
宁愿让港湾的雾气，把你灌得恍惚
宁愿远远看着一个女生
想几个熟悉的名字

一片落叶,滚到她的脚边
是要替你和她交谈吗?此刻的她
还能搅动已经变成石头的爱情吗?

在澳门,你遇到一个女艺术家
感到她隐秘的美,像伤口一样深
她使喧闹的大街,变成可以隐居的郊区
她一开口,你就变回了一个青年

你用喃喃自语,继续打扫自己的中年
落日下山前,你欣慰的是
海面已长满与你同龄的皱纹

2019.5.6

扬州二题

扬州梦

因为最后一点春意
也因为来自园林的含蓄
我们突然成了风景中的夏天
深不可测的心,竟然煮沸了滔滔话语
能迷惑我们的风景,为什么越来越少?

我宁愿风景,就像牙疼
写满一本扬州历史的病历
我看出,它疼得有多妩媚
从邗沟起始的大运河
谁说它的蜿蜒,不是对我们的绕行、疏远?

餐桌上的酒或茶,其实代表某个寒冬
我们靠酒或茶,扒出大雪掩埋的自己
一不小心,我们成了文字中的沙丁鱼

挤在瘦西湖,寻找苏轼留下的倒影

我拒绝不了,这里的疼和妩媚
它就像水,是我身体里的亲戚
没有人会在意,风景也有晚年——
它像我一样,会用更好的新梦
为即将来临的晚年铺路

2018.6.6

扬州的水

《扬州慢》。慢扬州
慢得白天也有黑夜的体香
慢得我更接近忠诚——
守着书中的烟花三月,不背信弃义

这里所有的水
都做过扬州屠城的泪水
我最揪心——哪片荷叶会用露珠
先把黎明唤醒?

在瘦西湖,我什么也不做
知道湖底有无数水的舌头
它们教会鱼儿——避开俗世
教会浮萍——最原始的爱

我和这里的水,各自带着悲欢
没有轰轰烈烈的相亲
我只是把水的体香,吸进又呼出
这已是我的福分啊——

当我把杯中水,一饮而尽
我的胃也开始消化
水里酿了千年的命运

2018.6.5

同游平山堂兼和桑克道兄

平山堂的石像里,欧阳公张开手指
也无法调遣自己的一生
我们只用谈论,已把欧阳公搬迁到了新扬州
管他是否伤心,也要让他的古文收藏我们的新解释

他在平山堂传递的荷花,早已穿过千年旱情
早已配合着彬彬有礼的南方
早已和瘦西湖的水,肝胆相照
早已在我们的新诗中醒悟,不再是司仪

我俩一写,欧阳公在当代的晚年,就不缺钙
我俩一写,平山堂的荷花,就可以掩护各种心情
我回到南京继续写,原来欧阳公
已在我的书房停车驻足,询问我的第 N 次沉默

2018.6.4

美国小镇

这里没有弯腰行礼的桥
只有像人生一样蜿蜒的流水

我的幸福
这时是脚下的雪
纯洁,甚至能印出身体的杂念

就连饭厅里的交谈
也像雪中的小路
随时等着失踪

校车用一里一里的爱心
陪着冬天
旌旗也在用笑容,动摇我的生活

我来这里

是为找回古老的安静
也为唤醒早已沉睡的乡愁

2015

春天的诗行

春天是否钻进了你的身体?
它的风是否说服了你?
它的闪电是否帮你卸下了冬天的沉睡?
一同活下来的,是否还有水坑的微澜?

当铁犁掀开土层,暴露了大地的秘密
你是否觉得自己更无用?
有了被饥饿裹挟的人生
你的劳作就不再慷慨

春天的耕耘,更像一场求爱
先用蜜语犁开硬邦邦的脸
再让种子钻入幽邃的胴体
秋日再把果实烘得诱人

没有了围在火炉边的故事
你的春天该如何打发?

请不要低估春天那复仇的花朵——

围观花簇,却不知花为何颤动?
想借花的"幸福",来幸福自己
也许是一场更彻底的错误!

2014.10.11

秋天的容貌

静谧,已在遥远的山顶
我的身体,只背负着疲惫
是你,带走了美丽
是我,留下了空虚的命运

我常把警报在心中拉响
我常在鸟鸣中,体会无语
是炉火,催促我成熟
是富贵的宴席,让我的心变得消瘦

悲歌——这深夜的暗礁
再次把星星撞碎
带给我,秋天已枯槁的容貌

2014

痛

帘子在晃动,风像一个敲门客
在童心复萌的春天,愿望竟那么弱

风筝该被风吹到天上
槐树该朝儿童的嘴里,倾倒槐花

谁忍心这样的春天,在湖边罚着站——
它该苏醒了,该用劳动的汗水苏醒啊!

无辜的山峰排成一列,像出殡的车队
我想哭的一刹那,痛已像大地泛起春花……

2005

无 题

风吹我，等于我追风
等于辽阔的国土，有我走不完的路
等于路见不平，传颂着梁山结义

风吹我，等于风追我
追随我一生的失败，追随两袖中的清风
追随纸上的天涯

如果江水是大山朝大海长出的软骨
如果飞鸟是大地朝天空射出的箭镞

2012

在玉门关望星空

晚八点,停车熄灯
头顶上出现了银河巨大的脸

我找了四十年,原来它就悬在头顶
在灯光的阴影中,它排了四十年的队
才和我重逢

银河是邮票,邮来了我的童年
它用沉默,说着我儿时的一尘不染

那时,我住在满是油灯的小镇
银河像烟花,竭力给贫穷的日子过节

原来黑暗,并非一无是处
在残垣的玉门关,当我们远离文明
银河才重现过去的生机

2022.1.9

登黑山悬臂长城

雪把冬天的心事,撒满黑山
它也带来,曾跟古人较量的阵阵寒风

我站在烽燧之巅,想象雄关下的一场场战事
假如我是将军,此刻能等来的驰援只是夜色

雪里露出的黑石,像睁开的眼
它要把我看作,在长城上游走
想生根的一颗草种?

多少风沙的哀叹,已被史书遗漏
我假装要记下来,假装我抱怨的舌头
与它们是同类

十里外的嘉峪关,雄心不再
和我的初衷一样,早已是一座孤城

2022.1.8

戈壁行

戈壁寒风,仍卷着古时的千里愁尘
残剩的明长城,早已筋疲力尽

无数沙尘的舞蹈,只有挡风玻璃还在欣赏
一日车行五百里,它看完了沙尘的所有舞姿?

沙尘摸着所有门缝,仍在寻找关城的缺口
我找到的每处残垣,只有沙尘在悼念

每个踩在雪上的脚印,都成了马蹄寺的败笔
雪已学会,在离佛近的地方保持干净

明知春风尚在关内,我仍想为春风带路
叫它容下关外的大雪

2022.1.11

观嘉峪关

这里的每一把土里，都有古人的战骨
城墙小心呵护的盛世，只剩眼前的几块残碑

历史这时是刺我脸的寒风
每刺一次，我都听得见
一个明朝的寡妇在哭

祁连山的连绵白雪
那是汉代保存至今的胡人降旗？

钢铁厂的白烟，像晚婚的婚纱
笼罩着嘉峪关的新城
风不问谁幸不幸福，只愿迎向一个人的笑脸

这里的冬风，也会去我家乡吗？
愿它带着一路的冷冽，去把梅花叫醒

2022.1.12

伫立阳关

我站在阳关，错过了历代的战事
从烽燧能看出，长城
曾是一把劈向荒漠的战刀

我仍像古代将士那样，望向关外的戈壁
疏勒河的水草，仍在劝说风沙
给将士的炊烟让路

风把阳关大道的沙尘，吹向我的双肩
这些沙尘已战死过几回？如今又涅槃重生？

眼前能惊动我的，不是走阳关大道的好运
是习惯白天放烟的烽燧，已戒掉历代的烟瘾

2022.1.15

在梅山铁矿巷道里行走

地下 420 米,这是心的深度吗?
巷道像蛇,在找着更坚硬的铁
用找到之后的耳鬓厮磨,筛选一块块矿石
我捡走的一块矿石,里面含有的锋利
是我这辈子的榜样

我看见岩石的巨压,让铁矿像乌龟
想从巷道的拱壁探出头来
它们也有属于自己的心事
想对巷道里的我,说一说?

流水在巷道的沟里流淌,比我的青春还清澈
就这样,我用手触摸着曾经有过的纯真
用它来和我的中年较劲儿

一只飞虫靠近,本能令我
把它按死在脑壳上,这件事

占据了我内心一小时
它是巷道里最微小的矿工？危险竟来自一个诗人！

眼前的巷道，多么仰慕灯光
让一直思考光明的我，懂得该向矿工致敬

2021.11.6

参观西善桥街道

我像风一样
试图用鼻子,嗅出这里有过的朝代
如今,画像砖已经入库,我只能目睹墙上的复制品
竹林七贤的洒脱,是后人无法复制的

李白来这里重走了谢朓的路
我只能在心里,重修那条去新亭的古道
把古人进出这里的心境,浓缩为我的辗转难眠

某日的参观,把我留在了古诗的某处
郑燮在这里写道:"达将何乐?穷更不如株守。"
是啊,我也要写让万物安宁的诗
只是在这里,我走得还不够

徐立正用爱,重新展开这里的生活
那一层层的高楼,小心叠放着各种命运

我的高吟低唱，只是用来教育自己——
把内心多空出一点，放入他们像胡同一样悠长的心事

2021.11.8

绿萝二题

绿萝的愿望

　　题记：我买来两盆绿萝，让藤叶从楼顶垂下

一盆下方，是能攀缘的墙壁
一年过去，它已让藤叶够到地板
它经历了锻炼体魄的长跑
让害羞的少年，长成了勇敢的青年
哪怕需要跳崖，也不怕摔到地上
它向有缺点的我，伸着劝诫的舌头？
哪怕话不投机，也不离不弃？
它心怀愧疚，让道歉的头向大地越垂越低

另一盆下方，是让书沉睡的书架
绿萝却一直不让藤叶出发
我盯着它，看不出它有更多的睡意
它怀疑，我让它垂下的善意？

它是担心,从楼顶落下,就像垃圾被人抛下?
莫非它爱书,要留在书架的上方
像眉毛呵护眼睛那样,呵护书的美梦?
它要永远登高,看清书能看清的远方?

一盆,对地板上的生活,伸手想抓住?
另一盆,守着书架,过着内心生活?
也许它们,代表我的两种愿望
每一种,都有每一种的棱角

2020.6.3

藤叶的婚姻

窗台上的两盆绿萝,有些异样
原本分开的两束藤叶,竟把手摸向对方
我不知它们中,谁是男,谁是女,
但相信,是白马王子,跃入了公主眼中

它们把手臂挽成了铁丝网
是要结成军营一样的婚姻?
我不时给它们浇冷水

再用踱步声,催促它们清醒

是啊,藤叶刚逃出花盆的集中营
现在却迈着优雅的步子,走向束手就擒的爱
藤叶用牙齿,咬住对方
谁都没有叫一声痛

它们的新生活,也许在安慰我——
哪怕忍受婚姻的铁丝网、爱的咬伤
也绝不退回花盆的集中营

2020.11.25

香樟树

人们说着千万遍的
香！香！香！
你却怕"香"字出口，却想着
该如何做香的真正信徒？

香的时候
你是不知道香的名字的
香樟树只是春天派来的香道住持
香用看不见的笼子
把你的欣喜，装进天堂一般的空里

香最喜欢捉弄女人
一生沾不上足够的香
她们都不想活了。香是她们
今生今世的导游

香也是一种声音

提醒你该闭上嘴,听一听香樟树
对春天发出的回声,懂得听回声的
只剩蝙蝠和你的叹息

香来了,风就躲得远远的
风怕泄露了坏消息?
香不会待得太久,远方的鼻子
才是它想嫁的新郎

但香和你分手的样子
你只有闭上眼睛,才能真正看清

          2019.5.3

江边松林

松针的目光犀利
它看出江水,已不幸染上黄疸
没完没了的命运的黄疸
它得用整夜的失眠守候

我坐在山顶
所有想说的话,都已垒成松的沉默
已被安排成,山下垃圾燃烧的呛人气味
已成为风,投给松林的无用微笑

松鼠,和我一起眺望山下
忘了江水原本是万世的礼物
忘了路人都曾会踏歌而行
松鼠,将和我一样,守着江水——
用这越来越空的长枕头,托着我们的幻梦。

2017.5.8

槐 树

我天天和你静静地对视,一股巷风
让每片叶子,都成欲飞的翅膀
那是风在你的身上写字
有的叶子仰头成勾,有的叶子拂袖成捺

该飞的雨,已躲进云里睡懒觉
它不知,我有一封信
被远方的雨拦住——那里有洪水的勤奋劳作
和人们无法飞离水的苦难

这里的风不停拍打你,像有急事
非要从你的嘴里催出答案
我的视线,仍像缆绳
要把生活,再次拴牢在你根的锚上

直到远方的雨停了
直到窗外的电锯声,把我从梦中惊醒——

你正用圆冠的头颅，对抗电锯啊！

这是一场没有胜算的对抗，就像那封丢失的信
再也找不到读它的知音

2017.5.2

第一次看见大海

三十岁，才第一次看见大海
它像一个巨大的蓝墨水瓶
帆船举着桅杆的笔，用航行来抒情

我曾是个淘气的男孩
可在大海面前，淘气也得低头谦让
那些浪上的雪，还在收集失踪者的脚印吗？
大海让我第一次知道
隔着海，才恍若隔世

再多的憧憬，都会被风暴稀释
浪尖上的船，像海上的一颗蛀牙
风暴习惯把它拔掉

站在礁石上，会感觉礁石在悼念什么
如果陆地是海浪的坟墓
它们为什么仍会奔向岸边？

我摸着海浪交来的白银

知道它刚才的喧响里，有我需要的自由

它在我手里安静了，像极了课文中

文质彬彬的大海

当我带着一脸晒黑的谦恭离去

在浅睡的梦中，大海才再次用海浪的牛角

吹响我激昂的青春

2020.6.24

端午节

节日是我穿上的制服
粽子是我胃里的沉船
我用这一天,打捞两千多年前的孤单
那场疼痛,并未撤走

我在节日说的话,如果恰到好处
会不会是一种轻浮?
说或不说,都不如鸟的鸣啭
可以避免把忧伤当狂欢

就这样在鸟的倾述中
感受树叶喃喃自语的疼痛
感受黑夜在星星之间甩干了黑发

当我像沉船一样沉睡
我知道,在粽子从体内逃走之前
一定会把孤单留下——

清晨的门铃声

是节日唱给孤单的另一首歌？

2020.6.20

社会诗

等待十题

0. 等待序曲

你想用一生,弄清等的含义——
大树养育叶子,却等着——被秋叶抛弃
镜子让你看清自己,它却只抱住了虚无
曾改变你青春的收音机,现在是抽屉里的植物人

爱情还在古老的檀木梳上,但只剩灰尘用它梳头
那么多的古老思想,还在书架上争抢座次
但思想家,已是夜里跳广场舞的磷火

长城还在,但国界已在远方
佛顶骨还在,但迷途的路
仍在你脚下延伸

房子是孤独的,灰尘终将代替你
夜起查看屋里的响动

洪钟也是孤独的，君临天下的钟声
注定不会回头
手迹是孤独的，写它的人
注定不顾它的教诲

如果你明白，只有海浪才有不变的恋情
永远用鼓胀的乳房亲近陆地
岩石才有最深的根须，永远搅动岩浆的情绪
你是否还会继续等？

2017.11.1

1. 重温等待

正是一场疫情，让你重温等待
多安静，你听见流水
又用青春的嗓音，向花求爱
你看见，人人有了比裂缝还深的茫然

等待像素食，稀释着宏愿
让你满足，去路边走一走
等待让你对他人，有了耐心

渴望和他人,一起打发补丁斑斑的春天

你甚至想拨通一个陌生人的电话
用另一头的铃声,打断那人的孤独
等待已是命运的红漆
从今天起,我把它刷满中年

早已听话的童年,被窗外的鸟声叫醒
声音多么清脆啊,最好用等待悄悄传颂

2020.9.27

2. 等待起飞
——致记忆中的西藏林芝机场

机场是旧的,每一次飞行是新的
鸟的翅膀,始终是人的榜样
人却想把太阳让出的天空占满

此刻,云的影子在给机场下达
对太阳的通缉令;在用风的耳光
抽打高原的狼;在用白肤一般的雪

假扮昨夜的月光

你无法像林芝的藏语一样欢歌
因为江南的生活像债主,又在催促你
要让你,与喧嚣形影不离

黑下来的天空,多么深邃啊
多像你清晨醒来时的心境
你早晨出门留下的脚印
是否会自己走回江南?

无法起飞,不等于已爱上林芝
爱像剑,无论藏到哪儿
都会给你带来暗伤。机场的漫长等待啊
像一座巨大的商城
令你瞬间爱上回家

2019.4.24

3. 等待空闲

不知在人生的何处出了差错

你从此失去了空闲
如同风中的裙摆，说不清不停舞动
是为了遮掩，还是为了裸露

忙碌中，已不再有怦然心动
望见落日，你想着它在奔赴黑夜的刑场
天降瑞雪，你心里竟堆起冰冷的誓言
你奔波、操心，是为了摆脱睡眠的陪伴？

有人说，中年是成熟的夏天
但夏天，要与毒日、暴雨、蚊子周旋
有时你像伞，膨胀失言后
又得把自己缩到最小
就像蚊子咬你时庆幸，是你的血卡住了蚊子的剑

坐班的时钟，一秒秒盗空了你的尊严
你像羊，只能把漆黑的胃认作牧场
有时你也让自己，盘踞在一堆脏话里
它们像喝酒的醉言，竭力证明
空闲是你的从不露面的血亲

2019.4.23

4. 等待雨季

　　——和孙宽同题诗

你的雨季里有一些往事
你等它们像群鸟，回到新加坡的出生地
池塘的水声在等待中，沙哑了嗓子
你头上的云，是檀香祈祷雨季的一柱烟？

池塘越变越小，它在浓缩水中的爱吗？
蜥蜴也有了温顺的模样
荷花也脱下水的衣裳，准备迎接高潮？

天鹅并不急于翻过旱季的这一页
看见它们，我才知道
新娘在旱季，也该有干渴的优雅
旱季，会把你抚摸过的浪花
统统变成扎手的玻璃？

我第一次成为旱季的敌人
恨不能让池塘的水，怀上雨季的孕

当我一个人离开了新加坡

对接下来的雨季，我想知道
它又会讲哪些叮咚作响的故事

2019.4.19

5. 等待来电

电是电器的火辣辣的川菜
它不上门，电器就装死
没有翅膀的青山，一直在电脑屏幕上
现在，你第一次发现，它就在窗外

你终于可以不盯着屏幕了
终于有了琐事管不着的空闲
哪怕晚上点蜡烛，也没了盯着屏幕的愁眉不展

离开电器供应的春天
你的无所事事，有了春草一样深的欢欣
连对空虚的叹息，也有了老唱片的风度

这是春天里的第一次停电
那么多的琐事，不会是死在电器里的标本

就算多日不见，它们也不会把你遗忘

你不知不觉，继续用户外的小径
去纠缠百花，怜悯它们也有挣不脱的责任

当电重新用琐事召唤你
你心里的充实，对撒手不管的自责
竟像空虚一样深了

2019.4.26

6. 等待通行

高速公路突然患了肠梗阻
路灯蜿蜒成内窥镜，探查梗阻的深浅
你除了羡慕云、鸟、风，不知道
该如何配合卡车，欣赏它卡住公路的自得

车厢成了你生产往事的临时产房
你生下了一群你背不动的儿女
它们让你此刻的幸福，不再有汗臭
夜色用黑郁金香，为它们祝福

你懂了,往事才是你最骄傲的遗产
懂了它们此刻的汹涌——
多少年来,你是无礼的
只顾端详往事缺席的生活
此刻,你看见繁星招手,司机们纷纷停止赶路

黑夜甚至劝你躺下,让月亮
用月光的细产钳,继续为你接生——
你生了多少,谁也记不清
只知道,黑夜是肥沃的黑土地
一整夜陪着你,观看路边庄稼的夜场舞蹈……

2019.4.25

7. 等待幸福

不管你富贵贫贱,树叶每天都向你点头致意
这算不算你前世等来的幸福?
当人类的斗争,升华为你音箱里的交响乐
你的恨就少一些么?

尘埃浮动在人之间，它目睹爱情的语无伦次
能让搂抱的恋人，一辈子不厌倦么？
尘埃是掩盖伤口的一扇门
只要它关着，痛楚就少一些么？

脚下十尺深处的遗城
只剩你谈它时的那点心跳了
这是你能找回的唯一安慰？当长胖的雾
把你脚下的长路锯短，你愿意扔掉远方的地址么？

月亮是夏夜的一座冰山
你火辣辣的春梦，也许正等着一声尖叫
让冰山的凉气入梦，让负心的人在梦中道歉

也许你已习惯等待，像鼠标
哪怕等得再久，也守着对右手的忠诚
你等待时的张望，瞬间惊动了鸟群
面对它们冰冷的警觉，你的心里却涌起暖流

2019.4.30

8. 等待未来

——致傅元峰

未来当然在滴答的钟声里
也许你听不出,它此刻的声音
代表开始还是结束

你一人穿过明媚的春色
你看出花丛下的阴影
是在休息,还是伺机而动?

窗子用光束,为你上演尘埃们的生死恋
这翻来覆去的命运,在打探你柔肠的深浅
你拉上窗帘,是想终止尘埃们的不安?

说起未来,你我那时还在那里吗?
再遥远的长路,也得从今天的沉默开始
从驻足买菜、低头咳嗽开始

你我呼吸的,依旧是历史的尾气
哈哈大笑时,心里的寒气只是羞于出场

你我的幸灾乐祸，不过是噩梦支付的利息

哪怕累了，你也不要闭上眼睛
要看出星星是黑幕上的洞穴
你我的祖先都在那里居住过

比未来还古老的洞穴啊
像星星一样不会凋谢，如同四月的梅花已谢
有谁会告诉它，八月还有桂花？

请别用急不可耐，打扰未来
请别把脸上的皱纹，统统鉴定为
是给未来定制的礼服

当未来真的来临，它会检验
那时的你，是否还是此时的你

2019.4.22

9. 等待退休

谁能听见你的呻吟?
它看上去是笔挺的西服
盆养的绿萝,你只是不甘心
熨一熨衣,浇一浇水?

你把前半生过成了累赘
只让睡眠里有铁的脊椎
为什么风也说着你的事呢?
为什么你孤单得像祖传的铜鞋拔呢?

月光是你手里的一把碎银子
它怯生生,还在贿赂你的人生?
希望像硬币,哪怕闪着微弱的光
也要为你买一张去郊区的站票

当你穿过了热闹的职场
穿过了爱与恨,是该转身
与自己对话了,是该应付
记忆的水性杨花了

该把节省下来的日子

该把皱纹,让给一杯茶或咖啡

让你说的每个字,不再为噩梦守夜

让乡愁,不再是牵动你的一列火车

让陌生人,也成为你的一把尺子

2019.4.24

《词汇表》续

死亡,人口最多的国家
家,恋人用爱争夺来的抱怨
柏林墙,长在东西之间的白内障
写作,试图用文字叫醒坟墓里的大师
群山,永远晒不黑的动物,数百年才肯移动一步
边缘,再微弱的星光,仍会疏远阳光
骨头,哪怕主人竭力弯腰,它仍坚持挺直的初衷
钥匙,锁的丈夫
恐惧,担心的事,只是还没发生而已
错字,一次逃出字典婚姻的尝试
翻译,总有一些文字,会在异国走失

2021.1

走　路

走路时，鞋子一直沙沙叫疼
我装作那是祝福
想到走路会把健康带给虚无
我就装聋作哑

路边的树叶也哗哗哗
是为鞋子叫苦，还是为秋天唱着颂歌？
沙子是一群发怒的牛，用犄角顶着鞋的斗篷
也许没有伤口，才是它们一生的痛苦

鞋子，在抱怨我的中年越来越重？
在用沙沙声，替我为生活咳嗽？
我给它的每克压力，也是给大地的一克苦难？
我感激它，配上风的乐曲，把什么都唱出来

走再远的路，都差一个终点把我留住
只有家，刚好可以放下我的牵挂

我从未发胖，也许身体一直怀着对鞋子的愧疚
用恒定的体重，说出对鞋子的珍惜

2019.9.19

郊区的辩证法

郊区,让我心如止水
让我熟悉了风的拳头
让我知道了雨对窗户的失望——
我朗朗的读诗声,死死被窗户挡住

世界已面目全非
我的孤独像根,还在悄悄深入
天上沉睡的云,却扭着清醒的舞蹈
它忘了,朝大地撒下影子的黑郁金香

我坐着时,思想比站着高
我躺下时,爱情比坐着多
我盼着像良田,就算披着满身稻子
也不炫耀繁华

我的嗓子,从来就缺一块簧片
无法把中年吹得更响

我也是原地打转的山路,会把天气当药方——
夏天的爱情有湿疹,冬天的思想会干裂

我听着保姆的炒菜声,知道食欲
是多么的不自由,却是美的

2019.9.14

儿 子

他在梦中怒吼，是何等激动
但我不能代替他，混迹于他的梦境
不能把他嘴角的痛苦，抿成微笑
他还会痛苦多久？
兴许一场梦，等于醒后的十年

从何时起，城市的幸福
已干得像木乃伊
江湖也无高昂的道义
只剩帮派分赃的喧闹

我踮着脚，走向阳台
幸亏，夜里还有忠实的风
为星星赶走蚊子。多么温馨的沉寂啊
不时被他的怒吼刺痛
莫非他的记忆，都已被黑夜染黑？

我老了，只能用凝视，从星空读出人世
只能把他的痛苦看作是铁
我纸一样的说教，无法替他挡住锻打

幸亏，在黑夜的掌心
风仍然相信它的路，会比黑夜更辽远

2019.9.10

十指相扣

和老婆,又十指相扣
有十多年,觉得握手是多余
觉得婚前相恋,才要握手助兴
那时,曾握得落日也涨红了脸

到五十,才懂得祖辈的慈爱
才渴望成为郊区的隐士
才开始有耐心,欣赏家人脸上的表情
才不把握手,看作敷衍的仪式

中年的婚姻里,曾有多少寒气啊
丢失大象,以为是扔掉纸屑
划开伤口,以为是睁开眼睛

现在,十指相扣的手
已读懂彼此的掌纹
傍晚低飞的蝙蝠,也争相

为两人的漫步寻着出路

当手越扣越紧
连住在露珠的心愿,也盼着
被十指相扣的手领走

当手相握的温暖,回到梦中
影子也没有了不安的牙齿,已知道
如何从黑夜的长梦中跌醒

2019.9.11

鼾 声

我醒着,枕着你的梦
你的鼾声,已深陷梦里的琐事
我想弄清,为何蚊子从不找你复仇?
为何总靠你的鼾声导航,把剑刺向我?

有时你的鼾声,也会适应窗外猫叫的节奏
适应飞机掠过的轰鸣声
你那颗做游客的心,还在梦里喂猫?
还在梦里飞着万里航程?

月光正在窗帘上啄食,翻找你梦里剩的零食
窗外的路灯被鼾声灌醉,光线早已迷离
墙上的挂钟,为校准你梦里的时间
努力用滴答声,为黑夜送行

我仿佛悟到,你是怕我孤单

才让鼾声,做我黑暗中的导游
我忍不住伸手抚摸你,鼾声替我掩饰了什么

2020.6.9

最后时刻

父亲身体里的病,已排成长队
要带走父亲
我不甘心,把氧气输进他的睡眠
病房的灯光,是他的月亮
领着他,去找那条没有梦的路

他的身体,已空得没有任何消息
空得像口号
每一次的艰难呼吸,比一生还长
张到最大的嘴,是比痛苦还深的伤口
我的安慰话,不过是他耳边的绕口令

最后时刻,是他喉咙深处的痰
想吐又吐不出
我抓住他的手,就像抓住即将离岸的大船
哨子一样的呼吸,是已经拉响的汽笛

……最后时刻,竟与我擦肩而过
他的一生,缺了我最后一次拥抱——
我站在太平间,心是锤子
砸出咚咚咚的悔恨声

最后时刻是失控的车子
他冲入黑暗的一瞬,我来不及替他系上安全带

2019.7.9

对　视

一个两岁男孩，目不转睛与我对视
他不眨眼，我也不眨眼
他在找我眼中的恐惧？
我在找他眼中的美梦？

他的眼睛，是泪雨浇不灭的炉子
把他母亲的日子，煮得沸腾
他把世界简化成哭和笑
他要看我不哭时，会如何笑？

日子已把血丝，像铁丝网
布在我的眼白上，那是成人斗争的底色
他的安静里，埋着多少未来的变故
他现在用哭也打不开，他是否看出
我半世的不安，已长成皱纹的任性舞蹈？

多么难得的对视啊

我的目光，要去他的眼里做客？
他的目光，会喜欢我眼里的远方？

2021.5.19

记　忆

记得你尖尖的下巴，在我手上犁地
如雪的皮肤，朝我脸上下雪
你斟词酌句，成为我怀抱的一本字典

我多么高兴，春天就长在我手上
有山有水的春天里
最大的声音，来自心的花鼓
它正把寂寞，一下一下敲碎

窗外的鸟声，也来偷听屋里的沉默
它不知道，衣服上的纽扣
怀着歉意，要你守身如玉

我闭上眼，轻轻唤你
每个字都在字典里，蒙尘了太久

2020.2.4

向 往

屋再大，也大不过我向远方眺望的心
倾盆的阳光再烈，也烈不过爱情这只孤兽
我找遍了各种名姓，还是没找到你

我想象会有一个动人的你，在静穆的地方等我——
因时间的长久，你已悄然入睡
梦中的你不断翻身，好像梦见了这里的我

这呼唤一般的想象，令我更加深情——
我不再无所谓了，我要让自己更加完好
等你在生命的某一刻悄然来到

2016

酒后综合征

他对社交,失去了兴趣
他对活着,还不死心
日子,是用手撕掉的日历
还是早晨醒来,掉在枕头上的头发?

都说酒桌上的说,是最空洞的
人人都仿佛说了什么,都仿佛让他人渺小了
他久久等待的真情实意,只是
酒家要打烊的催促声?
那就让风把刀子,架在赴宴者的脖子上
让风用无礼,逼供出酒后真言

他真吐出了什么,他用双手
捧着胃献上的礼物,想到他的成功
不过如此,想到他一生的是非
就是如此模糊

他捧着比黑夜要浅的一团哀伤
那是胃消化不掉的春天
自己闻起来香，别人闻起来臭
他又不愿，把它抛进垃圾箱

2020.5.14

吻

少年时,我曾想要一个吻
认定吻,是铺向幸福的一条路
春天了,当女生们穿上裙子
我的吻,却只在书中绽开

恋爱的日子来临,吻
成了打开身体的一个习俗
我在吻中眺望,却望不见未来
求生一样的吻声,已不是少年布道的祷词

结婚多年以后,偶尔会在吻中
听见婚姻破裂的声音
吻也像生活,渐渐平淡无趣
吻也像工作,成了一种苦行

现在,我不常有吻了
但有工作和生活

窗外一只布谷鸟的叫声
一首旧歌的乐曲声，只有它们还在操心
该如何安顿一个少年的吻

2019.10.30

醉

我醉过,现在
不再喝酒,就不醉么?
如同自由自在地走路时
就没有舞步么?
就像侃侃而谈的闲聊中
就没有谜底么?
非要行到水穷处
才有远方么?

我的醉
早已储在一罐好茶中
它和酒一样,都需要
多年的生涩来酝酿
那一江的春水里
仍有世代的冷梦、仇恨、伤口……
一放入茶,就和我分道扬镳——
就把黑发醉成白发

把仇恨醉成原谅
把伤口醉成眼睛

2017.6.9

偏头痛

头痛时,是谁在我体内发脾气?
已经二十年,我还未弄懂它的用语——
身子要躺下,眼睛要闭上
嘴还要像工地,发出嘈杂声

身子蜷缩的样子,像要回到子宫
莫非我年过半百,仍需要定期回炉?
或像疲惫的帆,只想把自己再次折叠?

头上的痛像鼓点,不停敲打
风来到窗口,要合奏一支流行曲?
痛让舌头抱住呻吟
不让呻吟展开翅膀

痛是大海,让我看到了日子的风景
痛在怪我,还不懂去菜场买菜的幸福?
当痛临近,连过去的落寞也是满足

我的痛并不孤单，一本历史书
就是一座收藏疼痛的博物馆

2020.6.16

离 别

题记：新闻报道，一对九十多岁的老夫妻，即将随儿女分赴南北，夫妻老泪纵横，离别即永诀。

老爷子得跟儿子去北方
老太太得跟女儿去南方
老夫妻的分离，像僵硬的舌头
堵着两人满肚子的话

初春了，坚强了一个冬天的冰
开始融化，替两人哭泣
春日像草草盖上的一枚公章
证明不了，跟着儿女将会有春的福分

此时才发现，七十年前的情话
竟没有说完，正靠火车的铃声说出
布满皱纹的老脸，已熬成对方眼里的经书
将用来在梦里朝圣

这一别,南来北往的云
只会带来对方的相思泪
这一别,风的敲门声
也会让两人想起,当年结婚的磕头声

这一别,伸向远方的铁轨像迷途
到处流浪,再也找不回对方

2020.11.6

致孝阳书

你需要躺下休息时,却没想到
再也不会起来,你躺在了去明天的路上
你用全部著作,兑换来了一屋子的孤独
你发明的理论,会成为夜幕上盯着我们的眼睛

我到处张望,你需要的爱,它到底在哪里?
脚下的白雪,是你孤独时盖的那床被子么?
耳边叽叽喳喳的鸟鸣,还能把你唤醒么?
你的大嗓门能否留下一些,用来叫醒我们麻木的心?

大地已换上白雪的孝衣
地上蜿蜒的雪水,也是众人的泪水
闪亮如灯
幻想让你的人生,褪去漫长的夜色……

2020.12.31

跳　板[1]

爷爷踩上跳板，任凭八月把汗粒赶入江水
烈日是盘问他晚年的灯盏

我哼着歌，把他的午饭送到码头
江水突显狰狞，张大嘴
当他是凉拌黄沙的美食

他挑着一百多斤的沙担，飞了数秒
用的是噩梦中的翅膀

朝夕相处的江波，是死神浩渺的鱼尾纹么？
满是破洞的衬衫，是捕捞死神的渔网么？
掉入江水的一瞬，众人的喊声让他的心亮堂了么？

---

[1] 跳板是指搭在船沿和岸之间的狭窄木板，下方是江水。码头搬运工挑着黄沙担子从木板上通过时，木板会随步子上下起伏、跳动，颇为惊险。

当众人把他的命捞回
他浑身的水，拧出了一个雨季
他是到江里打捞自己的影子？
水底的白天，是他人生的彩排？

岸上，太阳把金子奖给他的呼吸
他咽下的午饭，含着霉变的家史
但他香甜的咀嚼声，帮我理好了心中的凌乱

江水喂大的浪头花豹，总算没把他拖走
江水还用巨大的水袖，帮我擦去家史中的污迹

当爷爷，又走向跳板
跳板已是他的气节长桥、吟诗古调
一下下，颠空了那天的悲伤

2019.12.18

广场舞

没有人认识我。在五月的广场
她们依旧用舞姿开着春花
还像遇到了虫害,竭力向四周
播撒高音的杀虫剂

我第一次,有了石像的耐心
任由蚊子在我身上,摸索黑夜的开关
也许我投向她们的,还是石像的冷眼
但我心里的步伐,已与她们完全一致

不少人希望她们停下,停下
踏上各自回家的路
打开电视,让播音员替她们说话
但她们,原地踏步
走着另一条我未曾看见的路——

原来,她们的喧嚣是鸟巢

吸引孤寂的人归巢

她们的舞姿也是花衣裳

帮她们遮掩岁月的残酷和沧桑

原来，我把目光的刀，天天刺向她们

她们却嘶鸣成曲，扭动成舞

2017.5.4

旁观者

我迎风流的泪,也来自故乡
只是笔没有写完,而风更有诚意
风还打开了桌上的县志
是啊,是该用方言检阅故乡了

照片上的高耸教堂,早已消失
新庙的好运,已像堆积的硬币,正绷紧空虚
百货大楼高得像神,用买买买
助人完成一出出薄情寡义

当小镇铺满柏油路,已在地下叹气的是古井
当夜市再三推迟睡眠,星星也不来小镇偷情

我吃的每一顿饭,还在说服我
这是古人天天祈求的幸福
小镇的每个人,还在认定
他们早已把苦难埋入土中

而我，只是观察，继续观察——
从一只流浪狗，到占领中年的泪
从打架的第一滴血，到四海为家的雷

2017.11.1

静夜思

傍晚的广场舞,是镰刀
在收割母亲的晚年

他不知家谱或月亮
谁会是深夜的向导

家谱用沉默,掩饰它还活着
蒙尘的蛛网,是它悄悄发出的芽

家谱里的名字,守着富贵的八字
个个装作没有受伤

他坐在灯下,知道祖先们的命运
在窗外的星空,悄悄绽放

灯下的影子,从不声明

它不是黑人，只是日子的发票

他盼着用心跳，兑换寺庙的撞钟声

2019.6.26

写作生涯

我住的地方,已不在闹市区
那里的夜,是青蛙模仿歌剧的唱腔
那里的云,像粘在山顶的白翅膀
我的心思,来自路边花猫的羞怯

我见过,秋风牵着落叶的手
领着它们回家
见过,太阳张开红润的嘴
等着飞机伸进银色的压舌板
听过,寺庙钟声一遍遍催促
小学生的脚步

但有时,我还是会失眠
漫长的夜,令活着变得千疮百孔
从噩梦中醒来,已不是安全着陆
听见年轻人飙车的尖叫
知道他们在寻找伤口

到了白天，我又变得坦然
朝阳像烧红的铁，又在湖里淬火
我已静下来，继续在稿纸上生产
树木、河流和家园

2017.10.31

生者如斯

看不见的尘埃,早已装满我的房间
装满仰头看天的花盆
我不知,窗外
鸟儿唱歌的喜悦来自哪里

我喝着红茶,这春寒中的一丝温暖
像被窗帘放进的一束阳光
像从渔网中逃走的一尾小鱼
我不知,这一直降着的尘埃
是否也懂春寒

中国人骑马逍遥的日子,已那么远
我不知,后人坐在地球上
是否听得见风中布满我们的哀声
那时,我们已是尘埃
竭力装满后人狂饮后的空酒杯

2017

对　话

你厌恶泥巴，但泥巴可以洗净你的脚
你厌恶肮脏，但肮脏可以让你不再自大
你厌恶噪声，但噪声胜过空洞的口号

你的厌恶，让你多伟大啊
我的茫然，让我变得更加渺小
你认为白天比黑夜好
我说白天视而不见，比黑夜还糟糕

你厌恶那个叫皱纹的衰老
我却把宽恕安顿进了中年
你说你的心，是一眼望不到边的
我说我的心，比一只麻雀还小
小到能看见尘埃的迷离眼神

你厌恶那个叫变故的爱情
我说，人生就是变故的刀留下的伤口

你希望日子里，不再有叹息
我却偏爱，叹息里的深意

你厌恶不请自来的人
我却说，那是八十年代的默契
一个黄金时代

2019.10.29

舞 会

我跳过的那些舞,曾打开了我的生活
那些旋转的华尔兹,如今只有落叶用它打转

一对被舞步锁住的人,他俩的孤独变轻还是变重了?
跳着约定俗成的舞步,憧憬也会约定俗成吗?

我经历过跳舞的青春
曾用黑灯舞把青春,跳成家人的责备
跳成噎住老师的长叹
那些已经绝迹的舞步,它们还在赶往今天的途中?

我那时不知,自己是在孤独的深处
舞步旋出的,是一座青春的迷宫
但我记住了一起跳舞的人
为了憧憬,他们宁可不停重复舞步

很多时刻——舞步像舌头

会发出无人能懂的声音

它们像月光，会用梦照亮舞者的一生

2020.9.1

致黄州的表弟瘦叟

黄州是苏轼谪居的偏僻之地
这是否足以让你心安？我离开得太早
没来得及领会诗歌照临的黄州
不知故乡的月色，已藏着外乡的缤纷色

你的少作，仍在我心中储着疼痛
里面住着一个少年鲁迅
趁着我还记得，我要让中年的你
和你的乳名一一对接

体重日增，是身体在注入思想的云？
日日打牌，是逼着生活更换结果？
我翻出你寄信的地址，是否我该写的信
至今仍没有寄出？

今日的雪，在修改所有来路
不肯离去的冬天，让我也看不清去路

如果你是想做虚空的替身
我会羡慕，虚空里那闪耀的安详

2022.2.18
2022.2.24 修订